서은영의

세상견문록

서은영의

세상견문록

365일 크리스마스 선물 같은 책

그책

나는 포도나무요 너희는 가지로다

(요한 15,5)

—

책머리에

사실 그럴 생각은 아니었다. 지난가을, 그러니까 2010년 11월에 중동을 거쳐 그리스에서 크리스탈 호를 탈 때만 해도 이번 성지 순례를 끝내고 새로운 마음으로 돌아가 다시 일을 시작하자 마음먹었다. 그러나 이집트, 터키, 그리스, 이스라엘을 거쳐 로도스, 파트모스, 사이프러스 섬을 다니는 사이 나의 잠자고 있던 방랑벽이 세인트 엘모스같이 폭발하고 말았나 보다. 한국에 돌아오자마자 여독이 채 풀리기도 전에 난 코를 벌름거리며 다음 여행지를 찾았고 하얗게 눈 덮인 홋카이도로 떠났다. 하얀 눈을 보고 기뻐 날뛰는 강아지마냥 눈 속에서 온천을 하고 먹고 마시며 돌아다녔다. 그렇게 돌아다니다 보니 가보고 싶은 나라가 생겼다. 바로 대한민국이었다. 홋카이도에서 돌아와 버스를 타고, 기차를 타고 다다른 땅끝마을에서 다시 배를 타고 보길도로 향했다. 배 안에서 만난 인심 좋은 아줌마들이 꺼내 놓은 말린 문어와 홍어를 수줍게 먹다가 나중에는 짙은 향이 나는 모싯잎떡 몇 개를 훔쳐 가방에 넣기까지 했다.

바다 끝 멀리 있는 보길도에 가서는 공룡알 같은 돌멩이로 가득한 '공룡알 해변'에서 석양을 마음에 물들였다. 바다를 보니 다시 산이 보고 싶어 배낭을 메고 겨울의 끝자락에 로키 산을 향했다. 브라이달 베일 폭포 하나도 너무나 맛깔스럽게 설명하는 헬기 조종사 출신의 가이드를 따라 해발 3천 미터 이상까지 올라 자연의 위대함과 아름다움에 몸서리치며 무릎을 꿇었고, 경이로운 자연 앞에서 신을 느꼈다. 장엄하고 웅장한 로키 산맥을 보니 한국의 산이 어떤지 알고 싶어 나는 다시 태백으로 향했다. 너무도 늠름하고 든든한 강원도 산맥을 보며 웬만한 남자배우에게서도 느끼지 못했던 설렘을 맛보았다. 삼척에 가선 아침부터 어부들이 갓 잡아온 곰치로 만든 국을 정신없이 맛있게 먹어 치우고, 대금굴에 가서는 5억 3천 년이란 시간이 만들어놓은 장엄하고 기이한 아름다움에 넋을 잃었다.

경주는 또 어떤가. 지루하다며 입을 내밀고 다녔던 수학여행마저도 그리워하던 난 경주 여행에서 석굴암의 아름다움을 재발견하게 되었고 고요하고 우아한 한국의 미를 자랑스럽게 생각하게 되었다. 그렇게 강원도로, 경상도로, 전라도로, 충청도로 여기저기 헤매다 보니 우리 문화유산의 소중함에 대해서 새삼 알게 되었다. 그러자 모든 문화의 발상지인 인도를 다시 가보고 싶었다. 10여 년 전 인도를 처음 갔을 때는 가장 화려한 도시인 라자스탄에서 누구 못지않게 호화롭게 여행을 했다. 세월이 흘러 이번에는 배낭을 둘러메고 자연의 아름다움과 문화유산의 찬란함을 보고자 인도행 비행기에 올랐다. 절대로 잠 못 이룰 것 같던 우울한 기차를 타고 밤새 달리다가 나중엔 같은 칸에 있던 인도인 부부와 친해져 헤어질 때 못내 아쉬움에 포옹까지 하게 되었다. 강가의 화장터에서 기묘하고 아름다운 새벽을 맞이하고, 자이푸르에서 코끼리를 타고 난 후 다시 길을 떠났다. 영감이 이끄는 대로 다니다 보니 이번엔 스웨덴이었다. 스마트하면서도 세련되고 깊이 있으면서도 실용적인 스웨덴에서 디자인의 중요성을 깨닫고 다시 떠났다. 러시아로, 프랑스로, 강원도로, 전라도로 2년여 가까이를 동서남북, 종단, 횡단, 사방팔방 바람난 강아지처럼 돌아다녔다.

무엇인가를 계획하고서 떠난 여행은 아니다. 한동안 일을 줄이고 돌아다니자 지인들 사이에선 드라마 같은 이야기가 만들어지며 나에 대한 궁금증이 흘러넘치고 있었다. 생각해보면 그동안의 여행은 내 인생 '3막'을 위한 돈키호테 같은 여행이었다. 나는 그 사실을 뜨거운 여름날의 고비 사막을 건너며 깨닫게 되었다. '고비를 넘다'라는 말이 새삼 피부에 느껴질 정도로 고비 사막은 정말 길고도 황량했다. 그러나 그곳에서 자연의 혹독한 역경 속에서 살아가는 인간의 간절함을 보았다. 아무것도 없을 것 같은 척박한 환경 속에서 살아가는 강인한 생명력에 감동했다. 그동안 일하면서 틈틈이 여행을 했지만 언제나 출장을 껴서 짧게 옆 도시를 다녔을 뿐, 순례자처럼 무엇인가를 갈구하며 나를 비워놓기 위한 시간은 내본 적이 없다. 애초에 계획 같은 것은 없

었다. 그저 지금이 아니면 안 되겠다는 짧은 확신에 나는 그간에 쌓아 둔 많은 것을 잠시 내려놓아야 했다. 바쁜 일상과 스케줄, 관계들, '이래도 되는 걸까'라는 걱정과 상념들. 하지만 "지금이 아니면 안 된다."라는 말로 내 자신을 위로하며 길을 걸었다.

고비 사막에 있는 둔황의 어느 고분 벽화에서 이런 그림과 글귀를 보았다. 인생을 크게 4분기로 나눌 수 있다면 처음엔 열심히 배우고, 두 번째는 앞도 뒤도 보지 않고 맹렬히 달리다, 세 번째에서는 그 모든 경험을 가지고 박차고 나서야 한다고. 아마도 내게 있었던 그간의 많은 시련들과 새롭게 도전하며 쌓았던 경험을 바탕으로 나 자신을 찾아가는 3막 인생을 시작했던 것 같다.

계획 없이 다녔던 여행의 끝자락에서 우연의 일치로 나는 방송국으로부터 여행 코너를 제안받게 되었다. 패션과 트렌드에 관한 이야기가 아니라 문화와 삶에 대한 진솔한 이야기를 담은 여행 프로그램이어서 마음에 들었다. 언제나 그렇듯이 계획하지 않은 '끌림' 뒤에는 생각지도 않은 선물이 기다리고 있었다. 방송을 시작하면서 그간 여행을 다니며 생각했던 단편적인 나의 생각을 책으로 내고 싶다는 마음이 생겼다. 개인적인 욕심 때문만은 아니다. 그저 길 위에서 만났고, 느꼈고, 보았던 것을 말하고 싶었고, 유행에 따라 변하는 아름다움이 아닌 '세상의 모든 아름다움'을 보여주기 위한 첫 번째 기획으로 이 책을 내게 되었다. 난 유관순 열사나 잔 다르크가 아니다. 그저 지금까지의 시련과 고난이 단지 우연이 아닌 정말 축복받은 시간이었다는 사실을 알게 된 지금, 설레는 마음으로 내 경험을 가지고 작게나마 용기를 주고, 격려하고, 위로하고, 희망을 나누고 싶을 뿐이다. 또한 정치인도, 사업가도, 재력가도, 덕망 높은 학자도 아닌 내가 그저 울며, 웃으며 살아온 소중한 날들을 바탕으로 세상의 든든하고 견고한 모퉁이돌이 되고 싶을 뿐이다.

이 책은 여행 가이드는 아니다. 순례자의 길과도 같았던 지난 일 년 동안의 여행과 그 외에 다른 여행지에서 생각했던 내 생각의 조각들을 모아보았다. 매우 관념적일 수도, 주관적일 수도 있지만 그저 진심을 담은 마음만큼은 확실하다. 여행 에세이란 것이 여행지 이야기만 해야 맛인가. 정치인도 아닌데 정치를 이야기하고, 감독이 아닌데 영화를 이야기하는 격 없이 풍성한 요즘 세상에 딱 어울리는 책이 아닐까 싶다.

2011. 충청도 여행을 떠나기 이틀 전
경기도 광주시 오포읍에 있는 한 커피 공장 카페에서

2 돈키호테와 함께 여행하는 법

3 바보가 사랑을 찾아 방황할 때

4 순례자의 길: 다 지나간다, 슬픔도 시련도 다 지나간다

5 한국의 재발견: 미안하다, 너무 늦게 알아봐서

1

시간이 쓰러뜨릴 수 없는 아름다움을 찾아서

나는 아름다운가?

나는 누구인가?
나는 무엇을 해야 하는가?
나는 무엇을 믿고 무엇에 희망을 가질 수 있는가?
철학의 모든 물음은 이 세 가지에 귀착된다.

철학자 리히텐베르크가 한 이 말이 인간으로서 살아가는 데 가장 본질적이고 핵심적인 문제라는 것을 나이 마흔이 넘어서야 간신히 알게 되었다. 철학자 박이문 선생의 책에도 철학의 본질과 중요성에 대한 이야기가 나오는데, 살다 보니 '나 자신이 누구인가'를 안다는 것은 절대적으로 중요한 일인 것 같다. 오죽하면 소크라테스의 열렬한 신봉자였던 스티브 잡스가 "만일 소크라테스와 점심식사를 할 수 있다면 애플의 모든 기술을 줄 수 있다."고 말했을까? 그만큼 나와 인간에 대해 탐구하는 인문학이 중요하다는 얘기일 텐데, 나는 리히텐베르크의 말에 '아름다움'을 적용시켜보고 싶다.

'나는 아름다운가? 나는 아름다워지기 위해 무엇을 해야 하는가? 아름다움을 위해 나는 무엇을 믿고 무엇에 희망을 가질 수 있는가?' 라고. 인간이 무엇을 해야 할지 알고 있다는 것은 자신의 정체성을 이해하고 있다는 것이다. 그렇다면 인간이 어떻게 해야 아름다울지 의문을 가지고 그것을 실천해나간다는 것은 진정한 자아를 찾았다는 신호이다.

고백하겠다. 예전에는 내가 아름답다고 생각한 적이 없었다. 비단 외적인 면뿐만 아니라 내적인 것에서도 자신이 없었다. 그저 아름다워지기 위해 피부과에서 갖은 레이저 치료와 보톡스를 맞았고, 방송을 한답시고 이마에 지방도 넣어보았다. 아름다움을 향한 욕망은 날로 커져 성형 시술을 알아보기도 했고, 수많은 코스메틱 제품에 희망을 걸었다. 그랬다. 그렇지만 스트레스와 분노는 내 얼굴에서 사라질 날이 없었고, 언제나 죽음을 생각하며 살았다. 내가 왜 일을 계속해야 하는지 아무런 의미도 갖지 못했다.

그렇게 내게 있어 '아름다움'이란 그저 남의 이야기였고, 악바리처럼 애써 간신히 얻을 수 있는 것이라고 생각했다. 옷이야 발렌시아가를 입든 자라를 입든 즐겁게 입는 타고난 감성이 있으니 그렇다 치더라도, 얼굴에 나타나는 주름과 피부 노화는 미리미리 방지하지 않으면 안 되는 절대적 두려움이자 걱정거리였다. 부모님의 타고난 유전자를 물려받아 주름이 적고 동안이기는 했지만 아들의 입신양명을 위해

가브리엘 천사가 마리아에게 예수님을 잉태했음을 알리는 장면이다.
사실 마리아는 가장 낮은 자리에서 홀로 시련과 고통을 견디며
당당하게 살았던 가장 아름다운 여인이었다. 푸시킨 박물관에서

필사적으로 집을 옮겨 다녔던 맹자의 어머니처럼 나는 아름다움을 위해 그렇게 노력했다. 두피나 귀 뒤로 칼을 대지는 않았지만 주름을 위해 받았던 레이저 시술은 말 그대로 고문 그 자체였다. 도대체 무슨 부귀영화를 얻겠다고 눈물 쏙 빠지도록 찌릿찌릿하고 따끔한 레이저 치료 같은 걸 받을까 싶어 스스로를 의심하고 또 회의했다. 무엇보다 제아무리 좋은 옷을 입고 멋진 곳에서 밥을 먹어도 행복하지 않았다. 뭔가 돌파구가 필요했다. 그러던 어느 날 하던 일을 모두 뒤로하고 떠난 여행에서 나는 예전처럼 스모키 아이를 그리지 않아도 예쁘고, 킬 힐을 신지 않아도 멋있게 사는 법을 알았다. 나와 다른 곳에서 전혀 다른 삶을 살고 있던 사람들과 우연히 만나 마음껏 웃고, 대화하고, 믿기지 않는 우정과 사랑을 나누면서 나는 달라졌다.

지난해 10월부터 지금까지 종으로 횡으로 남으로 북으로 사막으로 강으로, 참 많은 곳을 여행하며 다녔다. 그런 와중 그저 아름답다고 말하기엔 한없이 겸손해지고 숙연해지는 아름다움을 접하게 되었고, 행복하고 기쁨에 넘치는 사랑을 체험하게 되었다. 날벼락 치는 검은 에게 해 저쪽에서 붉게 물드는 새벽하늘을 보았고, 두루미 한 마리가 날아다니는 갠지스 강에서 고요히 떠오르는 태양을 만났고, 춘천으로 향하는 마지막 경춘선 안에서 안개 속에 뿌옇게 올라오는 동녘을 바라보았다. 배낭여행길이나 보길도로 향하는 배 안에서 만난 사람들과 정을 나누고 인생을 나누는 사이 나는 그 어느 때보다 인생에 대한 확고한 계획을 세울 수 있었고, 그 계획을 위해 진정한 아름다움을 찾기로 결심하게 되었다. 로키 산맥에서의 태양을 보고자 산으로 떠났고, 사막에서 떠오르는 달을 보고자 고비 사막으로 떠났다. 그렇게 벅찬 정기를 가슴에 가득 담고 나는 그 어느 때보다 아름다운 여인으로 사랑을 베풀며 살아가고 싶다는 열망으로 뜨거워졌다. 길면 길고, 짧으면 짧았던 내 청춘과 모든 젊음을 다 바쳐 치열하게 살아 오면서 얻은 나의 외형적 아름다움과 그로 인해 일그러졌던 내 마음은 그렇게 '아름다운 대자연' 앞에서 순식간에 치유되고 변할 수 있었다. 내 속에 쌓인 모든 원망과 분노가 산 아래에서, 바다에서, 강에서, 숲에서 모두 투명해지고 옳어졌으니 정말 자연에게 감사하다고 말하고 싶다. 미스코리아처럼 울먹거리며 손을 흔들면서라도 말이다.

가난한 몸이 보여주는 최고의 '에지'

타지마할이 보고 싶었다. 어느 날 문득, 그래서 무작정 배낭을 메고 인도로 떠났다. 그러나 눈이 부시도록 하얀 타지마할만큼 내게 감동을 준 것은 바로 인도인들의 담담하고 아름다운 스타일이었다.

2010년의 마지막 여행을 이제 곧 사라지게 된 경춘선을 타고 가는 춘천으로 끝내려 했는데 설날이 남아 있었다. 아직 여행에 대한 갈증이 제대로 풀리지 않았는지 갠지스 강에서 지난해를 벗고 타지마할에서 새해를 맞이하기 위해 다시 길을 떠났다. 인도에 간다고 주섬주섬 옷을 챙겼지만 여기저기 떠돌아다닐 것을 생각해 별반 마음에 들게 챙겨 가지 못했다. 그런데 길에서 만난 인도 여인과 남자들, 학생들이 입고 있는 의상이 너무도 아름다웠다. 단순히 인도인들이 많이 입는 산스크리트어로 '긴 천'이라는 뜻의 화려한 사리Sari를 두고 하는 말이 아니다. 오르한 파묵의 《내 이름은 빨강》에서 묘사한 정밀화처럼 극도

로 섬세하고 정교하게 수놓인 아름다운 사리를 10여 년 전 라자스탄 지방을 여행하면서 보고 턱이 빠질 정도로 감동했던 나다. 이번 인도 여행에서 나를 새롭게 감동시킨 것은 그들의 기막힌 레이어링 방법과 낡은 옷으로도 예쁘게 보이려는 마음, 그리고 그 낡은 옷을 당당하고 담담하게 입고 있는 그들만의 우아한 자세였다.

간디 박물관에 갔을 때 내 앞을 지나치던 여학생을 보고 마치 첫눈에 홀린 남자처럼 뒤쫓아가 아름답다는 말을 연발하며 사진을 찍어댔던 일이 떠오른다. 그녀는 민트 그린으로 염색된 무릎까지 오는 H라인 쿠르타(인도 북서부 일대에서 착용하는 상의)에 벽돌색 베스트를 입고 에크루(아이보리보다 더 자연스러운 천연 하얀색) 컬러의 딱 달라붙는 바지를 입고 있었다. 그런데 이 모든 것들이 거친 면 소재로 만들어져 매우 자연스럽고 은은하게 보였고, 그녀의 사랑스러운 미소와 한쪽으로 길게 땋아 내린 머리와도 잘 어울렸다. 그 색상이나 스타일, 태도가 어찌나 감동스러운지 드리스 반 노튼을 데려와 보여주고 싶은 심정이었다.

나도 그들처럼 멋지게 레이어링하고 싶었다. 그래서 호텔로 돌아와 트렁크를 뒤적거렸지만 별것이 없어 실망하던 차에 잠옷으로 가져갔던 슬립을 발견하고 환호성을 질렀다. 동대문에서 구입한 하얀색 면 소재 잠옷은 가슴 부분과 밑단 프릴 부분에 놓인 자수가 오렌지나 붉은색이 아닌 것이 아쉬웠지만 그런 대로 멋있게 연출할 수 있을 것 같았다. 다음 날 아침, 잔꽃 프린트가 그려진 저지 톱 위에 잠옷을 레이

이 할아버지, 어찌나 강렬한 카리스마를 내뿜던지 달려가 사진을 찍자고 하니 포즈까지 취해준다. 인도에는 애나 어른이나 모두 카메라를 들이대면 모델 같은 포스를 풍긴다. 바라나시에서.

어링하고 넉넉한 니트 카디건을 입은 후 커다란 천을 목에 감았다. 그리고 밑에는 레깅스에 주카에서 구입한 털로 짠 긴 양말을 신고 브라운 컬러의 납작한 앵클부츠를 신었다. 그리고 마지막으로 〈연인〉에서 제인 마치가 쓴 것과 비슷한 리넨 페도라를 쓰고서 돌아다녔다. 그날 하루 종일 인도인들의 찬사를 들으며 어찌나 기뻐했는지. 여기에 힘입어 아그라에서 인도 여인들이 즐겨 입는 자수가 놓인 튜닉 스타일의 면 소재 쿠르타를 구입하러 갔는데 그곳 여사장이 나를 또 울렸다. 검은 머리를 단발로 자른 지적인 분위기의 주인은 노랑, 빨강 천을 두른 다른 여인들과는 달리 짙은 블랙 네이비 쿠르타를 입고 온통 검정색으로 치장하고 있었다. 그녀가 입고 있는 것이 너무나도 예뻐 어디서 구입했는지 물었더니 자기가 직접 염색했다고 했다. 모든 것을 직접 염색하는 벨기에 패션 디자이너 앤 드묄레미스터가 봤다면 그 까칠한 성격에도 불구하고 환호성을 질렀을 것이다. 나는 그녀가 검정색 빈디를 이마에 붙이고 있어 미망인인 줄 알았다. 그런데 옆에 있던 남자가 남편이란다. 전통과 관념을 깬 그녀의 지극히 세련된 모습에 감동하여 나도 자수가 아름답게 놓인(가격도 아름다웠다) 하얀색 쿠르타를 염색하려고 두 벌 구입했다.

이후로도 감동은 연일 계속되었다. 오렌지색 사리에 진달래도 울고 갈 화사한 꽃분홍 니트 카디건을 걸치고 이마에 반짝이는 빈디를 붙인 한 여자는 2011년 봄/여름 컬렉션에서 봤던 트렌드를 모두 보여주고 있는 듯했다. 갠지스 강에서 노를 젓던 한 아이는 네이비 격자무늬 셔츠에 몸에 딱 붙는 벽돌색 V넥 니트 베스트를 입고 터키 블루 컬러의 팬츠를 입고 있었다. 그런데 그 셔츠와 바지의 매치가 정말 〈존레논 비긴즈-노웨어 보이〉에서 본 존레논 스타일로 짧은 셔츠와 밑단이 살짝 퍼지는 하이 웨이스트의 벨 보텀 팬츠가 잘 어우러진 모습은 얄미울 정도로 예뻤다. 이 글을 읽는 사람들은 그저 되는 대로 입은 가난한 사람들의 옷을 보고 뭘 그리 요란스럽게 칭찬하냐고 생각하겠지만 그렇지 않다. 비록 그들의 삶이 가난하다 하여도 아름답고 멋있게 보이도록 최선을 다해 자신만의 스타일을 찾아낸 흔적이 역력했기에 놀라웠다.

그들이 가난하여 불쌍하게 보이는 것은 우리들의 기준이지, 그들은 자신들의 최선을 매우 흡족해하며 당당하게 생각한다. 그것은 강남에서 추리닝(운동복이나 트레이닝복이라는 단어보다 이 단어가 제격이다) 바람에 똑같이 성형하여 이마와 입술이 볼록볼록한 얼굴에 야구모자를 깊이 눌러 쓰고 버킨 백만 들면 있어 보인다고 생각하는 여자들과는 본질적으로 다르다. 패션계, 연예계를 돌아다니며 수없이 많은 사람들과 교우했지만 나는 정말로 그들이 들고 다니는 고가의 백이나 입고 있는 옷을 보며 부러워한 적이 별로 없다. 버킨 백을 들고 있는 지인에게 말이야 "와 좋겠다." 했지만 결코 진심이 아니었다. 아쉽게도 청담동에서는 내가 감동할 만큼 즐겁게 연출하는 사람은 거의 만나보지 못했다. 제아무리 비싸고 좋은 것이라고 해도 조화롭게 연출하지 못하는 것도 싫지만 수학 대위법처럼 버킨과 스니커즈, 혹은 싼 옷과 매치시켜야 제대로 된 멋이라고 앵무새처럼 말하는 청담동 패션 피플도 그렇고, 밍크에 발렌시아가, 아제딘 알라이아까지 돈으로 산 스타일링도 보기 싫었다. 물론 이들 중에는 정말 자신에게 잘 어울리게 연출하는 사람들도 있지만 대부분은 남들이 있으니 나도 있어야 하고, 뭔가 있어 보여야 하니 이렇게 입어야 한다는 자존감 없는 스타일이 대부분이어서 지루하게만 느껴졌다. 꼭 비싼 것과 싼 것을 매치시킬 필요도 없고, 유행을 따를 필요도 없다. 자신에게 어울리고 자신이 행복하고 당당할 수 있는 것으로 조화롭게 연출한다면 바로 그것이 진정한 스타일이 아닐까 싶다. 그렇기에 나는 삶 속에서 발견한 벌거벗은 몸에 걸친 세련된 스타일을 사랑하는 것이다.

내겐 너무 예쁜 붉은 낙타야

새벽에 성당에 가는데 이른 아침 방송인데도 불구하고 가수 이승환이 게스트로 나왔다. 그동안 무수하게 많은 노래를 들어왔지만 한 번도 매료된 적이 없는 가수였다. 그러나 그날 나는 〈붉은 낙타〉라는 노래를 들으면서 이승환을 재발견하게 되었고, 붉은 태양이 뜰 때 〈붉은 낙타〉를 들으며 사막의 낙타들을 생각했다. 난 낙타가 참 좋다. 그렇게 좋을 수가 없다. 한때 모델 장윤주는 나를 낙타라고 놀렸다. 내가 생각할 때 눈을 껌벅거리는 습관이 있는 모양인데 그 모습이 낙타와 닮았다는 것이다. 내가 낙타를 닮았다는 표현 또한 좋았다. 모로코에서도, 이집트에서도 난 언제나 낙타를 타며 좋아했다. 너무나도 신기하지 않은가. 등에 혹이 달린 것도 신기하고, 눈썹이 그렇게 긴 것도 신기하고. 너무나도 대단하지 않은가. 어떠한 상황에서도 자기 자신을 지키며 살아가는 그 생명력이…. 그렇게 생각해보면 이 세상에는 참으로 신비하고 아름다운 생명체들이 많다.

태초에 하느님이 세계를 창조하였노라. (창세기 1장)

[낙타]

등에 큰 혹을 가지고 있는 동물로 발가락은 두 개이며 발바닥의 척구가 커서 접지 면적이 넓기 때문에 모래 위를 걸어 다니기에 알맞다. 또 콧구멍을 막을 수 있고, 귀 주변 털도 길어 모래 먼지를 막아준다. 오랜 시간 물 없이도 견딜 수 있고, 등의 혹은 물이 아닌 지방이 저장되어 영양 상태를 나타낸다. 사막과 초원에 살고 나무의 가지나 잎을 먹는데 가시가 있는 가지도 잘 먹는다. 3일간 물을 마시지 않아도 활동할 수 있다. 임신 기간은 3백

고비 사막에서 낙타를 타기 위해 낙타 시장에 갔다. 엄청나게 많은 쌍봉낙타들이 앉아서 무슨 생각이라도 하고 있는 듯 조용히 허공을 바라보고 있었다. 노을 속의 낙타는 정말로 아름다웠다.

90~4백10일이고 수명은 30년 정도. 혹이 한 개 있는 단봉낙타는 아프리카와 아시아 남서부, 인도 북서부에 분포하고, 단봉낙타보다 몸집이 작은 쌍봉낙타는 아프가니스탄, 파키스탄, 고비 사막 등에 있다.

나는 개인적으로 몸집이 큰 단봉낙타보다 몸집이 작고 털이 긴 쌍봉낙타를 더 좋아한다. 둔황에서 만난 키가 작고 털도 많고 눈썹도 훨씬 길고 온순한 이름 없는 쌍봉낙타를 나는 '핑궈'라고 불렀다. 중국말로 사과라는 뜻인데 내가 사과를 정말 좋아하기 때문이다.

[타조]

머리 높이 약 2.4미터, 등 높이 약 1.4미터, 몸무게 약 1백55킬로그램. 수컷의 몸은 검정색이고 날개 깃은 16개, 꽁지 깃은 약 50~60개. 암컷은 몸이 갈색이다. 날개는 퇴화하여 날지 못하지만 달리는 속도가 빨라 시속 90킬로미터까지 달린다. 수컷의 깃털은 19세기 무렵 부인용 모자나 장식품에 이용되기 시작했다. 5~6개 정도의 알을 낳는다.

나는 타조의 눈도 좋아한다. 길고 아름답지 않은가. 걸을 때의 모습도 우아하다. 더군다나 머리는 그렇게 작은데 키가 그렇게 크다니 마치 외계인 같다. 아! 그리고 그 속사포 같은 속도도 부럽다. 난 달리기를 정말 못하기 때문이다.

[고래]

바다 속에 사는 포유동물 중 고래목에 속하는 동물. 진화 과정에서 수중 생활에 적응된 고래는 털이 변형되어 몸이 지금처럼 매끄럽게 되었다. 체온을 유지하기 위에 피부 밑에 두꺼운 지방층이 형성되었고 몸도 어류와 비슷하지만 폐로 호흡하고, 자궁에서 새끼가 자라고, 배꼽이 있고, 암컷 하복부에 젖꼭지가 있고, 귀에는 귓구멍이 있다. 돌고래, 향고래, 범고래, 흑등고래 등이 있으며 흰긴수염고래는 지구상에서 가장 큰 동물로 알려져 있다.

고백하겠다. 난 아주 오래전부터 만약에 이 세상에 다시 태어날 수 있다면 고래로 태어나고 싶다고 생각했다. 난 고래가 좋다. 이 세상에서 가장 크면서도 둔하지 않고 그 움직임이 우아하다. 위엄을 갖추었으면서도 사랑스럽다. 더군다나 그렇게 커다란 짐승이 바다를 유유자적 돌아다니다 등 위에서 분수처럼 물까지 뿜다니. 불과 함께 물을 가지고 작업했던 작가 빌 비올라도 부러워할 일이다. 그래서 한동안 고래에 대한 책과 방송에 심취한 적이 있다. 영화 〈프리 윌리〉나 서커스에서 보는 고래는 범고래로 보기와는 달리 포악한 면이 있다. 향유고래가 가족 단위로 서서 자는 모습을 다큐멘터리에서 본 적이 있는데 내가 죽기 전에 꼭 한번 직접 보고 싶은 장면이다. 돌고래는 그 모습처럼 정말로 친근한 성격인데 요트를 타고 달리면 옆에서 자기보다 큰 동물인지 알고 같이 따라온다. 그리고 돌고래가 죽음에 대해 인지한다는 기사도 본 적이 있다. 자기 새끼가 죽은 사실을 인정 못하고 계속해서 밑에서 주둥이로 한참을 밀어 올리다 반응이 없자 그 주위를 맴돌며 슬프게 울다 떠났다는 것이다. 가슴이 미어졌다. 이렇게 슬픔을 느끼는 동물이기에 수족관이나 서커스장에 있는 대부분의 돌고래들은 위장병에 걸렸다고 한다. 그래서 나는 돌고래 쇼를 보지 않는다. 사실 동물원이나 동물 쇼도 보지 않게 되었지만.

이 외에도 남아메리카 산악 지대에 서식하는 라마도 좋아한다. 그렇게 귀엽게 생겼는데 어떻게 그리 높은 지대에서 살 수 있는지 정말 신기하다. 배 주머니에 새끼를 키우는 캥거루는 또 어떠한가. 어떻게 배에 주머니가 있을 수 있고, 또 거기서 새끼가 자랄 수 있는지 신비롭기만 하다. 자기가 멋대로 알아서 색을 조절하는 카멜레온은 기막혀 말도 안 나온다. 코뿔소는 어떠한가. 코에 뿔이 달렸다니 코주부 영감도 아니고 전설 속 동물도 아니고. 그런데 이렇게 신비한 동물들이 점차 지구상에서 사라져가고 있다. 이들이 갈라파고스 섬에 왕국을 만들어 모든 인간을 접근 금지시키고, 인간들을 비웃으며 영원히 살 수 있다면 참 좋겠다.

깨진 유리창 이론

중국 우루무치 역 근처나 인도, 터키, 이집트의 시골마을에 가보면 군데군데 폐허가 된 집들이 있다. 창이 깨지고 문짝이 떨어지긴 했어도 이 집들은 사람이 살았던 흔적이 있다. 그런데도 유난히 주변에 쓰레기가 많이 버려져 있고 심지어는 담벼락에 소변 본 흔적들이 확연하다.

'깨진 유리창 이론'은 낙서, 유리창 파손 등 경미한 범죄를 방치하면 큰 범죄로 이어진다는 범죄심리학 이론으로 1982년에 제임스 윌슨과 조지 켈링이 공동 발표한 사회 무질서에 관한 이야기다. 깨진 유리창 하나를 방치해두면 그 지점부터 범죄가 확산되기 시작한다는 것으로 사소한 무질서가 결국에 모든 것을 무너뜨린다는 이론이다.

멀리 볼 것도 없이 내 자신을 예로 들겠다. 우선 바쁘다는 핑계로 방 청소를 안 하고 서낭당 돌처럼 지저분하게 이것저것 쌓아놓고 있으면 이상하게 먹다 남긴 음식도 치우지 않고 그대로 두게 된다. 살이 좀

쪘다고, 혹은 귀찮다고 옷을 편하게 입고 다니기 시작하면 대책 없이 퍼진다. 뭐가 그렇게 힘들다고 여자이길 포기한 것처럼 트레이닝 바지, 스니커즈에 면 티셔츠만 입고 다녔는지…. 그렇게 지지리 궁상으로 외출할 때면 꼭 만나고 싶지 않은 사람까지 만나 얼굴이 화끈거린다.

여자들이 내게 꼭 물어보는 말이 있다. "어떻게 하면 옷을 잘 입게 되나요?" 그런데 나로서는 너무도 뻔한 말밖에는 할 수가 없다. "매일같이 예쁘게 꾸며보세요." 하지만 대부분 그 뜻을 이해 못하는 경우가 많다. 스타일이란 간절함에 의해서 나오고 또 작은 습관에 의해서 나오기 때문이다. 성형을 하라는 것도 아니고, 화장을 짙게 하라는 것도 아니다. 그저 립글로스를 발라 생기 있는 입술을 만들어주고, 집에 있을 때도 나름대로 예쁘게 차려입으면 어떨까. 물론 안다. 아이도 있고, 일도 늦게 끝나고, 부엌에 산더미같이 쌓인 설거지도 있을 것이다. 그러나 스스로 자신을 아껴주지 않으면 도대체 이 세상 누가 나를 사랑해주고 아껴줄 수 있겠는가. 언제까지 아이들 뒷바라지만으로 평생을 살 것인가. 자기 자신을 꾸미고 가꾸라는 이야기는 사치를 하라는 것이 아니라 '자기 자신'을 좀 더 사랑하라는 이야기다.

얼마 전 오랜 친구를 만났다. 그 친구는 마흔이 훨씬 넘어 아이를 낳고 보니 너무 힘들어서 낮에도 잠옷을 입고 있게 되었다고 했다. 그러다 보니 삶이 더욱 처지고 힘들어져 나중엔 우울증까지 오더라고. 그러던 어느 날 더 이상 이런 삶을 살아선 아이에게도, 남편에게도 안 좋은 영향을 끼칠 것 같아 집에서도 매일같이 외출복을 입고 있었는데 그러면서 점차 삶에 대한 열정이 생겼다고 했다.

자신을 사랑한다는 것은 삶에 대한 열정이 존재한다는 것이다. 설사 타인에 의해 깨진 유리창 근처에 있다 해도 그 주변을 깨끗이 하고 예쁘게 만들면 새로운 희망의 공간이 될 수 있다. 뉴스에서 뉴욕 근처에 있는 실직자들의 무허가 주택을 찾은 적이 있었다. 비록 천막으로 만들어진 간이용 집이었지만 그들은 문 앞에 '스위트 홈'이라는 문패도 붙이고, 화분에 이런저런 장식까지 해놓았는데 내게는 그 집이 마치 동화 속에 나오는 집 같았다. 자신의 삶이, 또 자신의 모습이 '깨진 유리창'이 되는 것은 모두 자신의 선택에서 비롯된다.

낮별은 밤별보다 아름답다는데

세상에는 존재하면서도 많은 것에 가려져 그 위대함을 드러내지 않는 것들이 참으로 많다. 어머니의 사랑도 그렇고, 묵묵히 도시를 청소하는 환경미화원도 그렇고, 등대를 지키는 등대지기도 그렇고, 정신질환자나 한센인 등 소외된 사람들을 돌보는 수도사나 수녀, 그리고 봉사자들이 그렇다. 우리가 호들갑스럽게 떠들어대는 동안에도 자기 자리를 묵묵히 지키며 열심히 일하는 사람들. 특별한 경우가 아니고서는 살면서 우리가 그들의 존재를 인식하는 일이란 많지 않다.

"낮별은 밤별보다 밝고 아름다운데, 태양의 빛에 가려져 영원히 하늘에서 그 모습을 확인할 수 없다." 러시아 여류시인 올가 베르골츠가 쓴 〈낮별〉에 나오는 구절이다. 요네하라 마리의 《교양 노트》에서 알게 된 이 여류시인의 에세이가 어찌나 아름다운지 강연과 방송에서 몇 번 언급한 적이 있을 정도다. 생각해보면 별이 어디로 사라지는 것이 아니라 태양에 가려 안 보일 뿐 항상 그 자리에 있을 텐데 우리는 보이지 않으면 '없는 존재'로 취급해 버린다.

개인적으로 난 새벽이 좋다. 어린 시절부터 일찍 일어나는 버릇이 있었다. 지금도 난 새벽에 일어나서 참 많은 일을 한다. 새벽 미사를 보고, 가끔은 우아하게 호텔에서 커피도 마시고, 남산으로 드라이브를 하고, 압구정동에서 시장조사도 하고, 중국어도 배우고, 운동도 하고, 집안 청소도 하고 나면 그때서야 대충 아홉 시가 넘으니 정말 내가 생각해도 굉장한 '얼리 버드'다. 새벽이 좋은 이유는 모든 세상이 움직이기 시작하는데도 모두 텅 비어 있어 마냥 신기한 기분이 들기 때문이다. 길 어디에도 사람이 거의 없고, 뭘 해달라고 난리 치는 사람도 없고, 전화벨 소리도 들리지 않고, 빵집 앞이건 편의점 앞이건 원하는 곳에 차를 잠시 세워 두고 볼일을 봐도 빵빵거리거나 단속하는 사람도 없다. 마음껏 쇼윈도 안을 들여다보며 구경할 수도 있다. 광고 문구처럼 이 편한 세상이 따로 없다.

그러나 무엇보다도 새벽이 좋은 이유는 간절함 때문이다. 새벽에 돌아다니는 사람은 모두 신성하다. 새벽에는 사금을 체에 친 듯 삶을 소중하게 여기고 간절한 마음으로 사는 사람들이 드러난다. 새벽에 일찍 문을 여는 빵집 여직원, 부지런히 버스를 타고 어디론가 가는 사람들, 운동을 하러 가는 사람들, 특히 성당에 오는 사람들에게서 나는 저마다의 간절함과 진지함을 느낀다. 이들은 새날의 아침을 시작하는

생 페테르부르크를 돌아다니던 때는
한겨울인데도 어찌나 해가 쨍쨍하게 떴는지.

간절한 마음이 가득하기 때문에 태양처럼 빛이 난다. 특히 항상 똑같은 시각에 똑같은 복장으로 자기의 구역을 지키는 사람들, 그러니까 환경미화원이나 야쿠르트 아줌마, 경찰관들이 새벽에는 더욱 두드러진다. 이들은 대낮에도 여기저기 움직이며 자기 일을 하지만 사람들이 모두 다 집에서 쏟아져 나온 낮 동안에는 《윌리를 찾아라》의 윌리처럼 찾기 힘든 존재가 된다. 그러나 새벽에는 어디를 가도 이들이 눈에 띈다. 아니, 이들 외에는 거의 다니는 사람도 없다. 환경미화원들이 밤새 사람들이 어질러놓은 것을 쓸고 닦으면 그 복잡한 명동 거리도 깨끗하게 변한다. 태풍이 불어도 눈보라가 쳐도 언제나 같은 시각, 같은 장소에 나타나는 야쿠르트 아줌마들은 볼 때마다 참 대단하다는 생각이 든다. 연약해 보이는 그 아줌마들은 정말 어떠한 상황에도 구석구석 배달을 다닌다. 그렇게 자식을 키우고 뒷바라지를 하기 위해, 혹은 자신의 꿈을 위해, 소망을 위해 조용히 새벽을 여는 이들이 내게는 태양에 가려져 있는 낮별처럼 참 아름답다.

진짜 The Real Thing

영화 〈노팅힐〉에서 슬럼프에 빠진 줄리아 로버츠에게 서점 주인인 휴그랜트가 작가를 추천하는 장면이 있다. 그리고 그녀는 그의 말에 따라 그 작가의 원작을 가지고 영화까지 만들어 재기에 성공하는데, 그 책의 작가가 바로 헨리 제임스이다. 19세기에서 20세기 전환기의 작가인 헨리 제임스 단편은 거미줄처럼 섬세하고, 기발한 상상력에다 영국 특유의 깊이가 있어 좋다. 그 중에서도 《진짜》는 요즘 내가 살고 있는 이 시대에도 볼 수 있는 상황이어서 특히 좋아한다. 대략 요약하면 이러하다.

신문이나 잡지, 소설에 삽화가 사용되던 시대에 흑백 펜화로 삽화를 그리는 일을 하는 주인공에게 모나크 소령 부부가 방문한다. 이들 부부를 처음 봤을 때는 초상화를 의뢰하러 온 빼어난 외모의 명사 부부로 생각했지만 사실은 초상화 모델이 되기 위해 온 퇴직 군인 부부였다. 재산을 탕진하고 자신들이 할 수 있는 일이 없다고 생각되자 외모로라도 돈을 벌어야겠다는 생각에 자존심을 무릅쓰고 모델이 되기로 한 것이다. 누가 봐도 런던 상류층의 전형적인 자태를 뽐내는 이들 부부는 그저 역할이 아닌 '진짜 신사와 숙녀'이기 때문에 완벽한 그림의 모델이 될 수 있다고 자부한다. 처음엔 주인공도 이들의 완벽한 모습에 기뻐하지만 이상하게도 점차 그의 그림은 생기를 잃어간다. 그러던 어느 날 이탈리아인 하인이 찾아오고 런던 빈민가 출신의 주근깨투성이 여자를 알게 된 주인공은 그들을 모델로 한다. 하인을 장교로, 빈민가 아가씨를 러시아 공주 모델로 기용한 것에 화가 난 모나크 소령 부부는 모델을 그만 두고 집을 나가 버린다. 주인공은 후련한 마음으로 이들을 모델로 그리는데 오히려 그림이 빛을 발하기 시작한다. 진짜 신사 숙녀도 아니고 그 모습도 초라하지만 관습과 선입견에 얽매여 무표정한 얼굴을 가진 모나크 소령 부부에 비해 천한 직급이긴 하나 자신의 역할에 자긍심을 가지고 생생한 눈빛을 내는 하인과 빈민가 출신의 아가씨가 더 '진짜' 신사 숙녀에 가까웠던 것이다. 결국 가진 것이 없어 다시 돌아온 모나크 소령 부부는 어쩔 수 없이 하인으로 일하게 해달라며 접시를 나르는데 어찌된 일인지 그 모습이 더 잘 어울린다는 내용이다.

헨리 제임스는 이 소설을 통해 '예술'을 말하려고 했지만 나는 지금과 같이 가짜와 진짜를 구분하기 어려운 세상 속에서 이렇게 묻고 싶어졌다. 성형한 얼굴로 명품 가방을 가지고 성공한 인생인 양 행세를 하는 우리들의 삶이 가끔은 너무 초라해 보이지 않냐고.

행복한 위선자

맥스 비어봄Max Beerbohm의 《행복한 위선자》에 등장하는 주인공 조지 헬은 이름처럼 방탕하고 파괴적이며 사악한 인간으로, 말 그대로 버러지만도 못한 생을 살고 있었다. 그러던 어느 날 그는 제니 미어라는 여인을 만나 사랑에 빠지지만 찌든 삶으로 인해 너무도 흉측하게 변해버린 자신의 모습에 용기를 잃는다. 그런 조지 헬은 제니 미어의 마음을 사로잡기 위하여 성자와 같은 선한 얼굴의 밀랍 마스크를 만들고 이름도 조지 헤븐으로 바꾼 채 새로운 삶을 시작한다. 그의 흉악한 진짜 얼굴을 아는 사람은 이제 밀랍 마스크를 만들어준 기술자와 마스크 가게에서 우연히 마주친 옛 연인 갬보기밖에 없다. 그러나 시간이 지나면 지날수록 흉악한 얼굴과 과거를 숨겼다는 괴로움과 죄책감에 그는 사랑하는 제니 미어를 위하여 진짜 성자聖者처럼 끊임없이 착한 일을 하고 재산을 나누어주게 되었다. 자신의 정체를 알고 있는 갬보

3월 끝자락에 간 로키 산맥에서 난 신이 만들어놓은 위대하고 아름다운 풍경을 목격했다.

기로 인해 늘 불안하고 두려웠지만 조지는 그래도 제니 미어와의 사랑으로 행복한 삶을 지속할 수 있었다.

그러던 어느 날 그들을 시기하고 질투하던 갬보기는 제니 미어 앞에서 사랑하는 남편 조지 헤븐은 사실 조지 헬이라는 흉악한 얼굴을 한 사람이라고 마스크를 벗겨 모든 것을 폭로하려고 한다. 그러나 순간 믿을 수 없는 일이 벌어졌다. 그것은 바로 밀랍 마스크 안의 조지 헬의 얼굴이 진짜 천국에서나 볼 수 있는 성인의 얼굴로 변해 있었던 것이다. 결국 그는 가면 속에 숨어 살면서도 끝없이 회개하고 속죄하며 성자의 삶을 추구하는 과정을 통해 진짜 조지 헤븐으로 바뀌게 된 것이다.

처음 종교라는 이름 아래 하느님을 알았을 때와 달리, '사랑'이라는 이름 뒤의 하느님을 알게 되었을 때 나는 진정한 사랑이 무엇인지, 사랑을 위하여 내가 무엇을 해야 하는지 알고 싶어졌다. 하지만 먼저 내가 '해야 할 일'보다 '하지 말아야 할 일'을 정하는 것부터 시작해야 했다. 나의 소망을 들어달라며 열심히 용서를 비는 마음을 생각하며 다른 이들에게 너무 엄하게 굴지 않을 것. 나의 괴로움과 원망을 이해해달라고 말하지 말고 다른 이들을 먼저 이해할 것. 일어난 상황에 화를 내기보다 먼저 경솔한 행동을 하지 말 것. 나를 이해해주지 못한다고 서러워하기보다 나의 고통을 함부로 드러내지 말고 기다릴 것. 그런 것들을 아주 힘겹게 조금씩 하다 보니 시간이 흐른 뒤에 '모든 것에는 다

때가 있고 이유가 있다는 사실'을 알게 되었다.

때로는 예전의 나처럼 뜨거운 양철 지붕 위의 고양이인 양 펄쩍 뛰며 앙칼지게 할퀴고 싶은 순간도 수없이 많았다. 그때마다 나는 죄책감과 좌절감으로 안절부절못하며 이럴 바에는 하느님을 믿지 않겠다고 요나(타락한 니네베 성에 하느님 말씀을 전하라 했지만 아무도 믿지 않을 거라 고집 부리며 도망친 예언자)처럼 도망친 적도 수없이 많았다. 그러나 어느 날, 죄책감에 다시 괴로워하며 미사를 볼 때 압구정 성당에 온 한 신부님의 강론이 나를 붙잡아주었다. "천사의 죄가 무엇인지 압니까. 그것은 바로 자신이 신이라고 생각하는 것입니다. 천사와 마찬가지로 우리는 신이 아닙니다. 그러니 죄를 지었다고 괴로워하며 도망가지 마십시오. 아무런 죄를 짓지 않는 것이 대단한 것이 아니라 끊임없이 자신의 죄를 뉘우치고 그것을 고쳐 나가려고 하는 그 마음이 바로 하느님이 원하는 것입니다."

신을 믿는 사람도, 아닌 사람도, 어떠한 신도 믿지 않는 사람 모두, 언제나 자신의 내면과 세상 속의 얼굴 사이에서 방황하고 괴로워하고 외면하면서 아무렇지도 않은 척 살고 있다. 하지만 한 가지 분명한 것은 제아무리 천사의 마음을 담은 얼굴로 태어났어도 진실을 외면하면 그 얼굴은 어떤 성형이나 시술에도 불구하고 추하고 고통스러운 얼굴로 변할 수 있다는 거다. 그게 내가 가장 화려한 옷을 입고 아무 걱정 없이 살 것 같은 사람들과 함께 오랜 시간 일하고 교우하면서 알게 된 진실이다. 반면 자신의 약함과 추한 내면을 끝없이 후회하고 깨달으며 살아가는 사람들의 얼굴은 그 눈빛부터가 다르다. 나이가 점차 들게 되면 그 재능과 감각, 아름다움은 모두 무뎌지게 마련이다. 태어난 얼굴을 모두 죽을 때까지 지닐 수 없다. 또한 태어난 얼굴이 제아무리 아름다워도 죽는 그날까지 몸과 마음을 잘 관리하지 않으면 자신의 진짜 얼굴이라고도 할 수 없다. 그저 끊임없이 엎어지고 깨지며 울면서도 자신을 추슬러 일으켜 세우고, 도망치다가도 다시 앞을 향해 걸어갈 때 우리는 점차 어떠한 가면도 필요 없는 성자의 얼굴을 갖게 된다는 사실을 알게 됐다.

아주 많이 울고, 아주 많이 엎어지고 깨지고, 자신을 잃고, 부끄러워하고, 도망치다 다시 돌아오고, 억지로라도 용기 내어 웃다 보니 조금씩, 아주 조금씩 알게 되었다.

스톡홀름 증후군

인질로 잡힌 사람들이 범인에게 호감을 갖는다는 스톡홀름 증후군. 스톡홀름을 다녀온 내게 이제 그 단어는 단순하면서도 세련되고 실용적인 아름다움에 미친 사람을 뜻하는 단어가 되었다.

"꼭 가봐. 후회하지 않을 거야." 지인이 스톡홀름을 다녀온 후 말했다. "호텔도 도시도 모두 디자인이야. 그런데 그것이 유행이 아닌 생활 속에 자연스럽게 녹아 있다는 것이 감동이지." 마침 파리에 가야 할 일이 생긴 김에 스톡홀름도 둘러보기로 했다. 파리에서 촬영으로 지쳐 비행기에 타는 순간까지도 갈까 말까 망설였는데, 막상 공항에 내리니 세포 속 감성이 꿈틀거리기 시작한다. 복도에 무심히 자리 잡고 있는 의자부터 내 심장에 윤활유를 뿌리기 시작했다. 복도의 안내 데스크, 카페 등의 실내 가구와 조명이 모두 기막힌 직선과 곡선, 그리고 부드러우면서도 확고한 색상으로 너무도 조화를 이루었기 때문이다. 더군다

나 안내 표지판과 광고 문구 등에 쓰인 서체는 타이포그래피의 거장 헬무트 슈미트가 한 것처럼 세련되었다. 알랭 드 보통의 《여행의 기술》을 보면 이런 말이 있다. 도시의 표지판이나 길거리의 색상과 문자만 봐도 이국적인 느낌이 난다고. 그의 말처럼 공항 안 표지판의 서체만으로도 스웨덴의 정서가 확 느껴지면서 힘들었던 나의 몸과 마음이 설렘으로 가득 찼다.

파리나 런던에 견주어볼 때 스톡홀름은 특별하게 화려하다거나 무엇인가 내장을 깊게 달구는 극에 달하는 아름다움은 아니다. 그러나 솔직하고 성실한 세련됨, 적절하고 확고한 디자인, 결코 형식적이지 않으면서 한계를 넘어서지 않는 아름다움, 사려 깊고 스마트한 미적 감각이 맹목적인 감동을 불러일으킨다. 스톡홀름의 미술관과 상점을 돌아다니며 느꼈던 것은 그들만의 아름다움을 표현하기 위해 일부러 유행을 멀리하고 있다는 직관이었다. 그래서인지 그 아름다움이란 것이 매우 능숙하게 느껴졌고 프랑스의 화려함처럼 거들먹거리지 않고 담담하여 편안했다.

사실 스웨덴 모던은 덴마크 모던과 함께 1930년대 모더니즘에서 비롯된 스칸디나비아 모던의 모체이다. 1900년대 아르누보를 바탕으로 발전된 스웨덴, 덴마크, 핀란드 문화는 전통적이면서도 대중적인 공예 분야에서 시작되었는데 그중에서도 선두에 선 것이 바로 스웨덴 문화였다. 시대를 막론하고 스칸디나비안 스타일이 각광을 받는 이유는 바로 세련되었지만 따뜻하고, 실용적이지만 예술적인 감성이 묻어나

스톡홀름은 아침에도 저녁에도
베르메르의 그림 같은 하늘을 볼 수 있다.

기 때문일 것이다. 이는 예술적 감성을 대중에게 퍼뜨리고 싶어 했던 발터 그로피우스의 바우하우스 운동과 같은 선상에서 시작된다. 이제는 가로수길이나 홍대 앞 카페에도 너무나도 많은 카피 제품으로 익숙해진 찰스 & 레이 임스의 라운지 체어나 엘시 더블유 의자, 건축물과도 같은 르 코르뷔제의 롱 체어, 그 적절한 아름다움에 침샘이 마구 솟는 샤를로트 페리앙 & 장 프루베의 도서관 책장 등이 독일 바우하우스 기능주의에 영향을 받은 스칸디나비안 스타일이다.

내가 묵었던 호텔 또한 철저히 스칸디나비안 디자인과 멋이 어우러진 곳이었지만 그럼에도 안락하고 편안했다. 그것은 아마도 자연주의에서 비롯된 나무·면·리넨과 같은 편안한 소재, 회색빛이 도는 블루, 오렌지나 그린 컬러의 포인트, 그리고 나뭇잎이나 꽃잎을 연상시키는 부드러운 곡선이 절제된 디자인 속에 담담하게 녹아 있기 때문이었을 것이다. 이런 스타일의 남자가 있다면 평생 시중들며 토끼 같은 여인으로 살 수 있겠다는 생각까지 들 정도로 그 겸손하면서도 당당한 멋스러움이 나를 완전히 매료시켰다.

그래서인지 스칸디나비안 브랜드의 디자인은 오랜 시간이 흘러도 질리는 법 없이 꾸준히 사랑을 받는 듯하다. 담백한 디자인과 함께 실용성, 적당한 가격대…. '가위 주제에 이렇게 세련되면서도 깜찍하다니' 하며 나를 놀래킨 피스카스 사의 가위, 때로는 패션 디자이너들에게조차 영감을 주는 마리코스 사의 마리메코 스타일, 1960년대의 로르스트란트 사나 구스타프스베르크의 그릇은 나를 미치게 만든다. 특히 영화 〈카모메 식당〉에서 사치에가 오니기리를 담아냈던 아라비아 핀란드의 그릇은 단순하면서도 예술적인 감각이 뛰어나 간단한 음식 하나를 올려놓아도 멋스럽다. 1백 년이 넘는 브랜드도 많지만 짧은 역사의 스칸디나비안 브랜드도 마찬가지이다. 스웨덴의 대표적인 아웃도어 브랜드, 피엘라벤 칸켄Fjallraven Kanken의 칸켄 백은 실용적이면서도 섬세하고 담담한 디테일과 그 컬러감이 말 그대로 '쿨'하다. 모든 광고 디자이너들의 바이블처럼 되어버린 앱솔루트 보드카는 젊고 투명한 병의 디자인과 획기적인 광고로 '앱솔루틀리 퍼펙트'한 미적 감각을 끌어냈다. 또한 단순하면서도 세련된 디자인을 슈퍼마켓 시스템과 접목한 이케아Ikea나 고가의 제품과 매치할 수 있는 저렴하면서도 세련된 아이템의 필요성을 절감하여 탄생시킨 칩 먼데이는 트렌드에 민감한 사람들의 사랑까지도 단숨에 집어삼켰다.

이 모든 것은 기본에 지극히 충실한 멋과 상대방을 배려하는 여유에서 비롯된 아름다움이다. 최근 우리 모두에게 감동을 주었던 '세시봉' 가수들은 인간의 목소리와 기타 소리만으로도 얼마나 많은 이들의 마음을 움직일 수 있는지 알려주는 사건이었다. 결국 아름다움이란 조화로운 본질에서 비롯된다는 것을 알 수 있다. 우리의 미감은 모든 것이 넘쳐나고, 모든 것이 숨이 막힐 정도로 빠르게 극으로 치닫는 스타일 속에 갇혀버렸다. 다행히 나는 스톡홀름에서 스톡홀름 신드롬을 경험하게 되면서 마음을 비울 수 있었다.

—

생명을 지닌 색상

1998년 조나단 아이브에 의해 디자인된 아이맥은 컬러 마케팅의 화려한 시작을 알렸다. 지루하고 고루하다고만 느꼈던 컴퓨터가 모던하고 세련된 오브제처럼 보였기 때문에 컴맹인 나로서는 한동안 눈을 뗄 수 없었다. 얼마 전 10 꼬르소 꼬모 매장에서 나의 시선을 끈 스와치 시계 역시 그러했다. 두께가 꽤 얇지만 뚜렷한 존재감이 느껴지는 디자인에 예전에 즐겨 먹던 미제 드롭스 사탕이 생각나 군침까지 돌았다. 과거 이탈리아에서 인터뷰했던 로로 피아나 회장이 생각났다. 기름이 좔좔 흐르는 캐시미어 슈트에 블랙 스와치 시계를 찬 모습이 어찌나 인상적이었던지. 그런데 이번에는 군침 도는 선홍색, 벨기에 붉은 담벼락이 연상되는 와인색, 눈처럼 하얀 백색 등 다양한 색상으로 변신한 스와치가 나의 가슴을 뛰게 했다. 입이 쩍쩍 벌어지는 가격대의 명품과 같이 진열대에 올려져 있어도 그 디자인과 색상에 대한 자긍심 때문인지 오히려 더 도도하고 당당하게 느껴진다. 어쨌거나 난 그 오만하게 잘난 척하며 진열대 위에 누워 있던 선홍색 '뉴 젠트' 시계를 아름다운 가격에 구입하였고, 지중해를 여행하는 동안 유니클로의 하얀색 면 원피스나 이자벨 마랑의 자수 원피스 위에 여봐란 듯 차고 다녔다. 사이즈만 커졌을 뿐 기존의 것에 비해 크게 달라진 것은 없었다. 다만 지극히 세련된 색상을 입혔을 뿐인데 금방 트렌드 아이콘으로 떠올랐다. 그저 색을 바꾸었을 뿐인데 말이다.

'색'이란 바로 그런 힘을 가지고 있다. 제대로 된 색은 그 어떠한 디자인이나 실루엣, 소재보다도 사람의 시각과 감각을 가장 먼저 끌어당긴다. 사람들은 상상할 수 없겠지만 색의 여파는 사회와 경제, 지위는 물론 명예까지 주고, 시간을 넘어선 영원불멸의 사랑까지 얻게 한다. 잘 생각해보자. 여자들이 티파니의 보석을 얼마나 알고 있을까. 몇 캐럿에 어떤 디자인에 어떤 커팅이 좋은지 대동여지도 그리듯 꼼꼼하게 말할 수 있는 여자들은 〈섹스 앤 더 시티〉의 캐리 브래드쇼와 사만다, 그리고 티파니 마니아들뿐일 것이다. 대부분의 여자들은 티파니 하면 마음까지 파랗게 물들일 것 같은 파란색 보석 상자부터 떠올린다. 자신의 남자친구가 그 작고 파란 선물상자를 내밀 것을 상상할 때도 많을 것이다. 그런가 하면 클래식하고 좀 더 고급스러운 것을 선호하는 여자들은 마음까지도 붉어질 카르티에 상자를 떠올릴 것이다. 이러한 브랜드들이 결코 돈이 없어서 모래알 같은 세월이 지났음에도 예전 그대로의 케이스 상자 디자인을 고집스럽게 고수하는 것은 아닐 거다. 에르메스의 주홍색, 카르티에의 붉은색, 티파니의 하늘색은 끊임없이 연구하고 치밀하게 계획해서 만든 '마스터피스'와 다름없다. 그래서 오늘날 우리 여자들은 오렌지색을 볼 때 때때로 이렇게 말한다. "어머! 에르메스 색이네." 오렌지가 들으면 매우 섭섭할 것이다. 사람들의 뇌와 감각의 세포 속에 박혀버린 이 색상들은 이제 브리태니커 백과사전에라도 올라갈 수 있을 정도로 고유명사가 되었다. '색' 하나 잘 키워 놨더니 엄청나게 효도하는 셈이다.

'색의 반전'에 대해 이야기할 때 스티브 잡스를 빼놓을 수 없다. 자신을 쫓아냈던 회사에 복귀할 때 스티브 잡스가 내놓은 히든 카드는 그야말로 찬란한 색상의 '아이맥'이었다. 빌 게이츠도 무색할 정도로 컴퓨터 산업에 새로운 혁명을 일으켰을 뿐만 아니라 모든 가전제품의 디자인은 물론 사람들의 라이프스타일까지 바꾼 인물이 아닌가? 컴맹이었던 나조차도 쪽쪽 빨아 먹고 싶을 정도로 맛있어 보이는 색상의 컴퓨터를 얼마나 사랑스럽게 쳐다보았던지. 비록 〈섹스 앤 더 시티〉에서 에이든은 그 예쁘장한 랩톱을 선물하고 캐리에게 구박을 받았지만 스칸디나비안 스타일의 세련된 디자인으로 유명한 가전제품 회사인 보덤사는 아이맥 컬러로 '산토스'라는 이름의 커피메이커를 출시하기도 했다. 아이맥에 이어 아이폰, 아이팟 등 스티브 잡스가 새로운 제품을 내놓을 때마다 그것과 비슷한 순백색의 화이트 액세서리들이 얼마나 다른 분야와의 연동으로 경제 효과를 일으켰는지 생각하면 우리나라도 '색의 체계화', '색의 코드화'를 확실하게 만들어야만 한다는 생각에 조바심이 난다. 눈이 너무 부셔 차마 쳐다볼 수 없었던 형광색 버스가 등장하여 나의 마음을 어지럽히더니 이젠 보기에도 민망한 오렌지색 택시가 나를 울린다. 뉴욕을 생각할 땐 옐로 캡을 떠올리고 런던을 생각할 땐 빨간 이층 버스를 떠올린다. 암스테르담의 공항에서 가장 먼저 눈에 띄는 것 역시 세련되고 멋진 안내판이다. 그냥 단무지 같은 노란색이 아니라 지극히 세련된 머스터드 풍의 색. 색을 무시하면 안 된다. 색을 연구하고 통일하면 그 도시의 이미지를 한층 업그레이드시킬 수 있다.

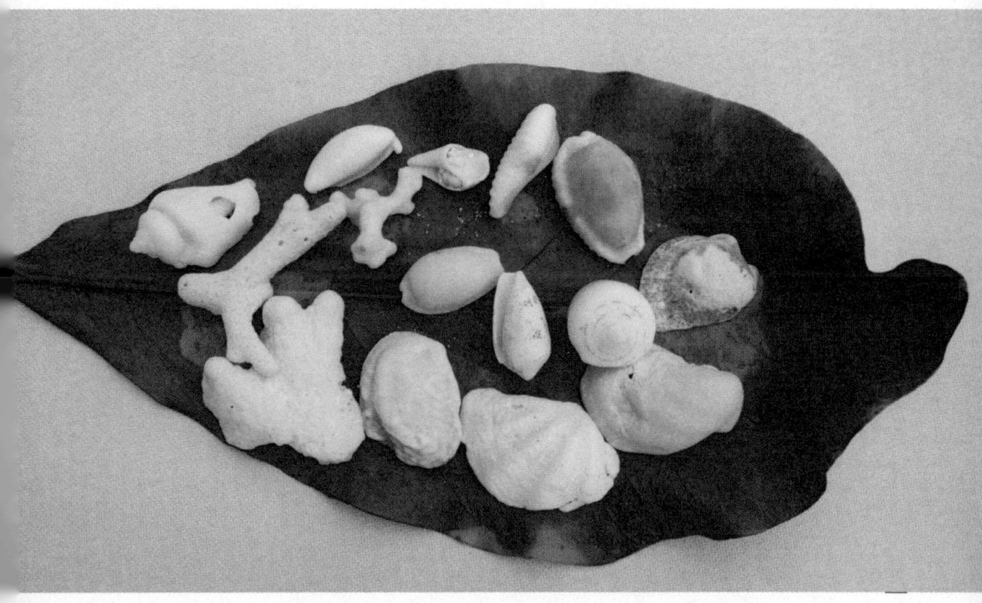

몰디브 바닷가에서 주운 조개를 죽은 이파리 위에 올려놓았다. 그 어떤 색상보다도 아름다웠다.

—

어느 책에서 랄프 로렌의 이야기를 읽으며 크게 공감한 적이 있다. 열 가지의 아이보리 색상을 들고 와 어떤 것이 가장 예쁘냐고 물어본다는 랄프 로렌이기에 그렇게 아름다운 화이트와 아이보리, 베이지 색상의 컬렉션을 보여줄 수 있는 것이다. 미야자키 하야오 감독의 만화가 왜 전 세계 사람들을 감동시키는가. 이야기도 중요하지만 '색'의 역할도 컸다. 그는 다른 사람들에 비해 50가지 이상의 색을 더 사용한다는 이야기를 다큐멘터리에서 본 적이 있다. 그렇기에 섬세한 허구의 공간을, 아름다운 자연을 그려낼 수 있는 것이다. 영화 〈악마는 프라다를 입는다〉에서 내가 가장 깊이 공감했던 메릴 스트립의 대사처럼 "파란색이 다 똑같은 파란색이 아니다."라는 말을 많은 이들에게 해주고 싶다. 색상은 두뇌 회로를 따라 우리 몸의 각 세포에 전달하여 그 기억과 느낌을 입력시킨다. 또한 잘 규격화된 색상은 사회와 환경에 질서와 아름다움을 준다. 아무리 안정되고 예쁜 색이어도 조화롭게 사용하지 않으면 생활 속에 스며들지 않을 것이다. 어정쩡하게 채색된 색은 제아무리 훌륭한 디자인의 건축이라도 흉물스럽게 만들어 버릴 뿐이란 것을 비싼 외국 디자이너나 교수님들이 한 것이라면 무조건 좋아하는 우리나라 고위 정부 관계자 여러분에게 말하고 싶다.

잃어버린 책들의 세계

존 코널리의 《잃어버린 것들의 책》에서 주인공인 데이빗의 어머니는 책에 대해 이런 정의를 내린다. 책 속의 이야기들은 살아 있는 생명체로 누군가가 읽어줄 때만이 살아나기 때문에 언제나 누군가에게 읽혀지기를 원한다고. 논술 고사를 봐야 하는 아이들을 가진 부모에게는 전혀 이해되지 않겠지만 데이빗의 엄마는 신문과 책의 관계에 대해서도 이렇게 말한다. 책 속의 이야기들과 달리 신문 속의 이야기들은 막 잡은 물고기처럼 펄떡일 때만 가치가 있기 때문에 결코 오래가지 못한다고. 그런 이유로 데이빗의 엄마는 사람을 삭막하게 만드는 신문보다 인류의 역사만큼이나 오랜 세월을 견디고 살아남은 강렬한 책을 읽기를 원했다. 그런 어머니 밑에서 자란 아들이라 그런지 데이빗이 책을 읽을 때마다 책 속의 이야기는 오랫동안 그의 머릿속에 메아리로 울려 퍼졌다.

Пима
10
ЖИЗНЬ - ВЕЧНЫЙ ВЗЛЕТ
В.И.ЛЕНИН
КРАТКИЙ БИОГРАФИЧЕСКИЙ ОЧЕРК
ХИРУРГИЯ
Журнал имени Н.И.Пирогова

나는 때때로 신문에서 영감을 얻기도 하지만 어쨌거나 데이빗 엄마의 말에 전적으로 수긍한다. 어떻게 설명할 수 있을까? 책 읽는 기쁨과 즐거움을. 이렇게 말한다고 해서 사람들이 나를 굉장한 독서가라고 여길까 두렵다. 난 그저 책 읽기를 좋아해서 남보다 조금 많이 읽었을 정도지만 이것 하나만은 확실하게 말할 수 있다. 책은 그 어떠한 교육보다 삶을 윤택하게 만들어주고 세상을 보는 지혜를 넓혀주며 상상력이 풍부한 창조적인 사람으로 만들어준다는 것을. 고백하건대 난 고등학교 때까지 성적이 말 그대로 형편없는 아이였다. 정말 공부를 지지리도 안 했다. 무슨 배짱으로 그렇게 공부도 안 하고 삐딱하게 굴었는지 고등학교 졸업 직전에는 노는 애들조차 이해하기 힘든 아이였다. 지금 생각해보니 주입식 교육이 내겐 정말 맞지 않아서 공부하기를 돌같이 대했던 것 같다. 그렇게 공부를 안 했던 내가 평생을 별 탈 없이, 내가 하고 싶은 일을 하며 살아올 수 있었던 것은 전적으로 '책' 때문이라고 장담한다. 공부와는 담쌓고 지냈어도 영화와 함께 많은 양의 책을 읽었다. 그것도 하이틴 로맨스부터 만화, 추리소설, 에세이, 신화, 고전, 단편과 장편소설에 이르기까지 그 종류도 다양했다.

책은 절대적으로 훌륭한 교사이자, 예절 선생이자, 상상력을 풍부하게 만들어주는 비타민제이자, 모든 삶의 기초이다. 책 안에서는 해저 2만리도, 오리엔탈 특급 열차도, 러시아 왕궁과 폭풍의 언덕도, 하데스의 지하 세계와 에도 막부, 르네상스와 빅토리아 시대까지 가볼 수 있고 마늘 먹고 여자로 변한 곰도, 선덕여왕도 모두 만나보고 경험

유럽에 가면 헌책을 파는 곳을 많이 볼 수 있다.
모스크바 시장에서 본 헌책 노점상에서.

할 수 있다. 그들이 입은 옷이 궁금하고, 어떤 음악과 함께 왈츠를 추고, 어떤 음식을 먹고, 어떤 모습으로 사랑을 하는지 상상하며 시대를 배우고, 의상을 배우고, 음악을 배우고, 삶을 배우고, 지혜를 배운다. 그렇게 한 장 한 장 손에 닿는 종이의 감각을 느끼며 페이지를 넘길 때마다 은은하게 풍기는 활자의 냄새를 맡으며 나는 울고, 웃고, 화내고, 용기를 내고, 사랑을 했다. 여행을 할 때마다 만났던 책들은 운명적이라고까지 할 수 있다. 사놓고서 보지도 않았던 《천 개의 찬란한 태양》을 이스라엘에 가서야 읽으며 목이 메었고, 몰디브에서는 《달과 6펜스》를 다시 읽으며 뜨거운 태양 아래서 새로운 삶을 시작해야만 했던 고갱을 이해하게 되었다. 러시아에서 생각지도 않게 만난 박완서 선생의 책은 담담하게 세상을 바라보는 방법을 알려주었고, 아가사 크리스티의 주인공, 미스 마플은 세상의 본질을 보는 방법에 대해 가르쳐주었다.

연어처럼 거꾸로 세상을 향해 헤엄쳐보자. 얼리 어댑터도 좋지만 사용하고 있는 모든 물건이 마치 생명체인 것처럼 오랫동안 소중하게 사용하며 간직도 해보고, 조금 불편해도 아날로그식 낭만을 느껴보는 것도 즐거운 일이다.

나는 때때로 모든 것이 편리해지고 단순해져가는 세상이 무섭고 두렵다. 신문에서 대기업 스마트폰의 두께가 점점 얇아진다는 기사를 접할 때마다 우리 뇌세포도 저렇게 평평해지고 얇아지는 것 같고, 감각세포가 종잇장처럼 변해가는 것만 같다. 소셜 네트워크에 푹 빠져 사각형의 작은 세상에 갇혀 사는 사람들이 진정한 '관계'에 대해 알고 있는지 궁금하다. 나는 기차에 탄 사람과 미소 지으며 대화를 나누고 새로운 정보도 얻고, 야쿠르트 아줌마에게 먼저 인사를 건네며 동네에 새로 생긴 맛있는 밥집 이야기도 들어본다. 흙을 밟고, 대지의 냄새를 맡고, 구수한 향이 나는 시골길을 걸어보자. 사막에서 화장실이 없어도 즐겁게 다니고, 비 오는 산에서 콧구멍으로 솔솔 들어오는 풀 냄새를 맡아보자. 사람들과 이야기를 나누고 그들이 사는 세상도 느껴보자. 모두 더불어 사는 세상 속에 해답이 있고, 용기가 있고, 희망이 있다. 그렇게 몸으로, 마음으로, 세포로 체험하는 가운데 진정한 관계를 맺을 수 있다면 나는 그게 바로 진짜 성공한 삶이라고 생각한다.

시간이 만들어낸 아름다움

무엇이든지 만들어내는 것보다 오랜 시간을 변함없이 지켜내는 것이 더 어려운 일인 것 같다. 사랑도, 일도, 아름다움도. "소중한 것이 왜 소중한지 압니까. 소중한 것은 시간이 걸리기 때문입니다." 어느 영화였는지 기억은 나지 않지만 패션 산업 현장에서 20년을 일한 내게 정말 가슴에 와닿는 말이었다. 아프리카로, 뉴욕으로, 촬영장으로, 야외로, 디자이너로, 기자로, 스타일리스트로 정신없이 동분서주하며 산 것이 벌써 그렇게 되었다. 노라노, 진태옥, 지춘희, 장광효 같은 패션 디자이너 선생님들의 다보탑 같은 시간에 견주기엔 한참 부족하지만 그래도 나를 돌아보고, 새로운 출발을 위해 나는 안식년을 갖기로 했다. 그렇게 시작한 여행 기간 동안 가슴 깊이 느꼈던 것은 '시간이 만들어낸 아름다움'이었다.

디자인이라는 이름으로 모든 것을 없애고 새롭게 만들어내기만 하는 우리는 '시간'이 만들어내는 장엄함을 너무 무시해왔다. 역사적인 것은 물론이거니와 오래된 상점, 벽, 거리, 문짝 하나하나, 나무 한 그루. 그 속엔 짧은 시간 속에선 결코 만들어낼 수 없는 우아함과 견고함이 있다. 그런 것들을 무너뜨리고 새롭게 디자인된 서울은 요란할 수 있지만 결코 아름답지는 않다. 국보 1호 남대문도 소홀히 생각하다 진짜 보물을 잃어버린 격이지 않나? 남산의 오래된 나무들은 산책길을 만든다며 뽑혀 나갔고, 정동길 입구에는 이상한 말뚝이 박혀 눈살을 찌푸리게 한다.

이집트와 이스라엘, 터키, 홋카이도를 돌면서 놀란 것은 시간이었다. 2~3백 년은 우습지도 않다. 8백 년, 1천4백 년 된 교회와 돌기둥들이 고색창연한 빛을 뿜으며 묵묵히 서 있었다. 우리만 전쟁과 파괴가 있었던 것은 아니다. 그들에겐 우리보다 더한 식민지 시대가 있었고, 전쟁이 있었다. 물론 생활은 우리보다도 못하다. 그런데도 그 오래된 것들을 지켜내고 있는 이유는 무엇일까.

로도스 섬에는 중세시대의 고성이 있었다. 물론 그 화려함은 퇴색되었지만 정교한 크리스탈과 모자이크 벽화, 눈물 나게 아름다운 가구들이 놓여 있었다. 오래된 대리석과 고래처럼 커다란 올리브나무에 둘러싸인 이곳에서 랑방이 고혹적이고 아름다운 컬렉션을 한다면 환상적일 거라 경박한 상상도 해본다. 그 성곽 안에는 작은 상점들이 수없이 많지만 사람들은 돈벌이보다는 천년 된 성을 지킨다는 자부심으로 살고 있는 것 같다. 금방이라도 쓰러질 것 같은 노부부가 60년 가

보길도에는 공룡은 없지만 공룡알처럼 생긴 돌멩이로 가득하다.

까이 운영하는 성곽 안의 카페는 크고 작은 그림과 토기들로 가득하여 마치 작은 박물관 같다.

지중해의 이스라엘이라 불리는 파트모스 섬은 아주 작지만 꼭대기 언덕을 굽이굽이 올라가면 사도 요한이 묵시록과 복음서를 완성한 동굴이 있다. 그곳에 동방 정교회가 교회를 지었는데 몇 백 년도 넘은 곳이 기함할 정도로 아름답다. 도대체 그 옛날에 어떻게 이렇게 아름답고 화려하고 정교한 것을 만들었는지 모르겠지만 알렉산더 맥퀸의 유작 드레스만큼이나 아름답다. 모든 벽면을 섬세하게 조각해 금칠을 해놓았는데 보존이 잘 되어 있었다. 터키의 에페소는 어떠한가. 물론 대리석상이나 건물, 극장은 전쟁과 오랜 시간의 풍파로 많이 훼손되긴 했지만 여전히 우아하고 아름다운 색상과 질감이 석양과 어우러져 그저 한숨만 내쉬게 했다. 발렌시아가의 독창적인 의상이나 발렌티노의 섬세한 드레스를 이곳에서 촬영한다면 어떨까. 직업이 직업인지라 자꾸 세속적인 생각이 떠올라 더 재미있었다. 오래된 기차역을 개조하여 만든 파리의 오르세 미술관은 어떠한가. 또 위스콘신에 있는 밀워키의 카페는 오래된 커피 공장에 의자와 테이블 가져다 놓고 카페를 만들어 수많은 관광객들을 끌어모으고 있다.

조성모의 뮤직비디오 촬영지로도 유명한 오타루는 오래된 창고 주위를 산책로로 정비하면서 아날로그적인 관광 도시로 탈바꿈했다. 운하 주변의 1백 년 된 창고들이 고급 레스토랑이나 골동품 가게로 개조되고 거리엔 가스등을 켜 그윽하고 고풍스러운 도시로 다시 태어나

지난 시절에 대한 향수를 자극한다. 홋카이도의 원주인이었던 아이누족 원주민들의 의상과 춤을 젊은이들이 재현한 공연을 본다면 기하학적인 의상과 멋진 율동에 마틴 마르지엘라나 브로드웨이 배우들조차 영감을 얻게 될 것 같다. 이렇듯 모든 창조물에는 과거와 현재가 공존해야 그 가치가 더 커지는 것 같다.

보길도에 가면 '공룡알 해변'이 있다. 해변에는 공룡 알처럼 생긴 바위들로 가득한데 그 모양과 색상이 정말 트렌드 자료에 넣어도 좋을 만큼 아름답지만 관광객에 의해 많이 훼손되었다고 동네 어른들은 아쉬워했다. 지난해 12월 20일, 나는 '마지막 낭만 열차'라 불리는 경춘선의 마지막 운행을 안타까워하며 새벽 기차를 탔다. 오래된 간이역은 박물관 못지않게 우리가 잃어버린 시간을 느끼게 한다. 그곳에서 스탬프를 찍고 떠나는 경춘선은 그야말로 낭만이었다. 일본에서 '유후인 노모리'라는 이름의 초록색으로 예쁘게 칠해진 유후인행 기차와 옛날 디젤 기차를 복원하여 만든 두 칸짜리 땡땡(클래식한) 기차를 탔던 일도 떠오른다. 마룻바닥을 깐 오리엔탈 특급열차처럼 만든 '유후인 노 모리'는 일본 여자들이 가장 타고 싶어 하는 기차로 이 기차를 타기 위해 일부러 유후인에 가는 사람들도 많다. 두 칸짜리 노란색 땡땡 기차는 어떤가. 옛날 드라마에서나 봤음직한 이 기차는 직행이 아님에도 그 향수 어린 낭만성 때문에 일부러 갈아타는 사람들이 많다. 그때 어머니와 나도 약간의 불편함을 감수하고 땡땡거리는 그 두 칸짜리 기차를 타고 눈 내리는 풍경을 말없이 바라보며 소중한 추억을 만들었다.

사랑이 변질된다고 하지만 지켜내고 견뎌낸 사랑은 그 무엇과도 바꿀 수 없는 숭고한 빛을 낸다. 사랑을 위해선 때때로 오랜 기다림도 견뎌야 할 때도 있다. 그 기다림은 바보 같거나 어리석은 집착이 되어선 안 된다. 그러지 않기 위해선 힘들어도 꿋꿋하게 자기가 있어야 할 자리에서 최선을 다하며 견뎌야만 한다. '아름다움' 또한 마찬가지이다. 우리도 '시간이 만들어낸 아름다움'을 지키고 보존하면 어떨까. 아마도 김구 선생님이 소원한 아름다운 나라는 그렇게 조금씩 천천히 우리가 지켜내면서 이룰 수 있는 문화 강국이었을 거라는 생각에 아쉬움이 더 크다.

나는 우리나라가 세계에서 가장 아름다운 나라가 되기를 원한다. 가장 부강한 나라가 되기를 원하는 것은 아니다.

2

돈키호테와 함께 여행하는 법

한여름의 산타클로스

식물의 지혜

미토콘드리아Mitochondria

엽록체葉綠體

결국 슬픔의 문제가 아니다

베르메르도 놀랄 하늘

Across the Universe

다른 것

잡스의 실패작들

생각을 다시 생각하기

파블로프의 개처럼 사는 삶

돈키호테처럼 살며 사랑하며

한여름의 산타클로스

나는 한겨울에 한여름 노래, 초봄에 배리 매닐로의 〈When October Goes〉를 때때로 부른다. 한여름, 특히 사막 한가운데서 크리스마스 캐럴을 부르는 기분은 압권이다. 고비 사막에서 낙타를 타고 징글벨을 불렀을 때의 기분은 묘하게도 신선하고 즐겁고 따뜻하다.

키프로스 섬의 뜨거운 태양 아래 산타클로스가 서 있었다. 지중해 바람이 따뜻하게 불어오는 해변에는 산타클로스와 어울리는 전나무가 아닌 야자수가 나무늘보처럼 길게 늘어져 있었다. 사람들은 반바지에 화려한 꽃무늬 셔츠나 온몸이 드러나는 홀터넥 드레스를 입고 있어서, 뜨거운 지중해성 기후 속에서 두꺼운 옷을 입고 있는 것은 오직 이 산타클로스밖에 없다. 왠지 그 모습이 내게는 자기 세계가 뚜렷하고 고집스럽지만 기발하고 관습이나 상황에 얽매이지 않는 독창적인 마인드의 소유자로서, 생각한 것을 멋지게 행동으로 옮기는 돈키호테나 스티브 잡스처럼 느껴졌다. 그래서 사람들이 이리저리 구경하며 다닐 때 나는 이 산타클로스 앞에서 한동안 멈춰 서 있었다.

우리는 살아가면서 많은 관습과 규율로부터 탈출하고 싶어도 여러 가지 것에 얽매여 두려워하며 주춤거릴 때가 많다. 물론 모든 것을 자기가 하고 싶은 대로만 하며 살아갈 순 없다. 하지만 꼭 해야 할 일을 주변 눈치만 보고 용기 내서 하지 않으면 언제까지나 구태의연한 인생일 수밖에 없다. 내가 패션 디자이너에서 패션 에디터로 직업을 바꾸게 되었을 때 나는 큰 용기를 낼 수밖에 없었다. 집안 형편은 생계를 유지하기도 어려울 정도가 되었는데 새롭게 옮긴 직장의 업무는 그야말로 한 번도 해본 적이 없는 일이었고, 더군다나 연봉이 엄청나게 낮아졌기 때문이다. 말 그대로 직장을 옮기는 것도 아닌 직업을 바꾸는 일 자체가 말도 안 되는 상황이었다. 그러나 단지 파리 컬렉션을 보고 싶다는 이유로 전직을 한 후 나는 정말 엄청난 대가를 치러야 했다. 원고도 못 쓰는 선배를 바라보는 후배들의 눈초리도 따가웠고, 무엇보다 갑작스러운 환경 변화와 줄어든 수입 때문에 너무도 힘들었지만 그때의 용기가 아니었다면 지금의 나는 결코 있을 수 없었을 거라 믿는다. 〈하퍼스 바자〉에서 다시 패션 에디터를 그만두었을 때만 해도 지금처럼 스타일리스트라는 직업이 뚜렷하게 부각되어 있지 않았고 대접도 제대로 받지 못하던 때다. 하지만 이제는 창조가 아닌 '재구성'의 시대가 오리란 믿음으로 난 스타일리스트라는 일을 새롭게 시작했다. 믿는 구석도 뒷배경도 없었다. 그렇게 매 순간 새로운 일에 도전하면서 '이래도 되는 것인가' 하는 걱정도 있었지만 그때마다 그냥 앞으로 나섰다. 끝까지 최선을 다하는 마음만큼은 절대적으로 지키자고 다짐하면서. 그런 일들을 반복하다 보니 의상, 에디터, 스타일리스트, 방송, 출판에 대해 두루두루 아는 멀티 플레이어가 되어 있었다.

피카소는 말했다. 마음의 눈을 개발하지 않으면 육체의 눈은 아무것도 볼 수 없다고. 때때로 마음이 원하는 것을 들어보자. 조용히 하고 있는 모든 것을 멈추고 심장 깊숙한 곳에서 울리는 소리를 들어보자. 그리고는 행동해보자. 용기를 가지고 한번 도전해보자. 단, 그 어떤 순간에나 최선을 다해서.

키프로스 섬의 뜨거운 태양 아래 서 있는 산타클로스.
그 앞에서 내 인생의 무모한 도전과 용기에 대해 생각했다.

식물의 지혜

〈섹스 앤 더 시티〉에서 캐리 브래드쇼도 식물을 키우는 것은 너무나도 어려운 일이라고 했다. 정말 그렇다. 식물을 키우는 일은 마치 아이를 키우는 것과 같아서 정성과 사랑이 필요하기 때문이다. 어린 시절부터 난 나무와 식물이 좋았다. 운이 좋게도 정원이 넓은 집에, 그것도 북악산이 바로 앞에 있는 곳에서 자라서 항상 나무와 풀을 볼 수 있었다. 정원에는 사과나무부터 사철나무까지 온갖 나무가 있어 겨울이 되면 눈꽃이 피었고, 봄에는 벚꽃이 피었다. 한여름 등나무에 포도송이처럼 생긴 꽃이 주렁주렁 피어나면 온 가족이 소풍 온듯 모여 앉아 고기를 구워 먹기도 했다. 그런 추억 때문에 나는 아파트 생활을 하더라도 집에 항상 나무와 식물을 두려 한다. 사진작가 조선희와 차를 마시다가 그녀가 애 보러 집에 가야 한다고 하면 나도 우리 식물들 때문에 집에 가야겠다고 주섬주섬 일어설 정도로 정성을 들이는 편이다. 그런데 처음에는 키우는 족족 모두 죽어버렸다. 도대체 물을 열심히 주건만 야속하게 비실비실 말라갔다. 그 모습을 보면 어느 땐 화가 나기도 했다. 그러던 어느 날, 생각지도 않게 2주 가까이 집을 비우는 상황이 벌어졌다. 해외에서 일이 끝나지 않아 집에 돌아가지 못하게 되었을 때 내가 가장 먼저 걱정이 된 것은 아이들, 그러니까 나의 식물들이었다. 뱅갈고무나무부터 아이비 등 다양한 종류를 키우는데 물을 못 주게 되었으니 나는 당연히 시들어 죽었을 거라 생각했다. 그러나 집에 가보니 그들이 푸릇푸릇한 모습으로 나를 반겨주고 있는 것이 아닌가. 너무 반갑기도 하고 의아하기도 하여 화원에 물어보니 문제는 내게 있었다. 나의 과도한 사랑! 그것이 문제였다. 사랑을 줄 땐 흠뻑 주고 적당히 거리를 두다가 다시 사랑을 주어야 했건만 나는 시도 때도 없이 너무 과한 사랑, 그러니까 너무 많은 물을 주었던 것이다. 결국 인간이나 식물이나 비슷한 것 같다. 적절하고 적당한 사랑으로 서로에게 부담을 주지 않는 관계가 좋은 것 같다. 단 언제나 똑같은 마음으로 지치지 않고. 이후로 우리 집에 온 아이들은 모두 무럭무럭 자라 이젠 내 키보다도 더 커져버렸다.

나는 파브르의 《곤충기》보다 《식물기》를 더 좋아한다. 물론 곤충의 세계도 신비하지만 식물이 하는 짓이 어찌나 기특하고 사랑스러운지. 때로는 대담하고 지혜롭기까지 하다. 로키 산맥에 갔을 때 읽었던 것이 바로 《파브르 식물기》였다. 농부의 아들이었던 파브르는 곤충뿐만이 아니라 식물에도 많은 관심을 두었고 그만의 따뜻하고 특별한 시선으로 식물에 대한 이야기를 썼다. 특히 파브르가 감자에 대해 쓴 부분은 참으로 감동적이다. 대충 요약하자면 이러하다. 원래 줄기는 땅 위에서 태양을 보고 공기를 들이마시며 푸른 잎을 펼치지만, 감자의 줄기는 그 일을 포기하고 땅속으로 숨어버린다. 줄기가 자연의 아름다움을 만끽하길 꺼려하고 땅속으로 기어들어간 데는 바로 '눈'을 위해서이다. 새싹을 틔우기 위해 자신을 바치는 줄기를 바라보며 파브르는 이를 '희생'이라 표현했다. 우리가 흔히 뿌리라고 생각하는 감자의 줄기는 영양분을 채우고 땅속에서 자라는 대표적인 '덩이줄기'이다. 그래서 뿌리가 아닌 줄기가 땅속으로 들어가 새로운 감자를 탄생시킬 준비를 하는 것이다.

파브르의 이야기를 들으면 식물이 그냥 식물이 아니라 우리와 똑같이 생각하고 숨 쉬고 사랑하는 생명체라는 것을 알게 된다. 생명이 태어나는 곳인 '눈'에 대하여 표현한 것을 보면 더욱 그렇게 생각할 수밖에 없다. '눈'의 종류에는 여러 가지가 있는데 그중에 '붙박이 눈'이라는 것이 있다. 어미 가지에 붙어 살며 어미 가지가 주는 영양분을 산호처럼 먹고 자라는 것으로, 붙박이 눈을 가진 식물은 산호처럼 전체가 한 공동체여서 먹이를 골고루 나눠 먹으며 조화롭게 산다. 파브르는 차별이 가득한 이 세상과 누구 하나 빠지지 않고 서로 나눠 먹으며 사는 붙박이 식물을 비교하기도 했다. 한편 자식을 먹여 살리다 지친 어미가 불안해지면 아예 그 어미로부터 독립하는 눈도 있다. 일찌감치 자아를 가지고 독립한 눈은 히드라처럼 땅에 뿌리를 내리고 흙에서 영

꽃도 이파리도 나무도 모두들 자기 상황에 맞게 적절히 변신도 하고
견디기도 하며 묵묵히 잘도 자란다. 상트 페테르부르크 공원에서 낮잠을 자다가
문득 벽을 보니 한쪽 벽에 나무가 자라있었다. 그림자 나무가 말이다.

양분을 흡수하기까지 꽤 오랜 시간이 걸리기 때문에 더욱 열심히 산다. 독립하는 눈의 대표적인 식물로 참나리가 있다. 마치 백합처럼 생긴 참나리는 연약하게 생기고 향도 우아하지만 참으로 독립적이다. 쉽고 빠르게 돈을 벌기 위해 많은 것과 타협하면서도 때로는 너무 쉽게 자기 생을 포기하는 요즘 세상 사람보다 참나리가 훨씬 강인하다.

파브르가 말하는 식물의 세계를 책에서만 알기보단 산이나 들로 다니면서 이해하고 깨달을 수 있다면 좋겠다. 산에 가면 얼마나 많은 들꽃들이 피어 있나? 비가 온다고 누가 우산을 받쳐주는 것도 아니고, 눈이 온다고 누가 따뜻하게 옷을 입혀주는 것도 아닌데 언제나 조용하게 자기가 있어야 할 곳에서 제 역할을 다하며 피어 있는 모습을 보면 난 언제나 무릎을 꿇고 앉아 '고맙다'라는 인사를 한다. 산의 높이가 높건, 그 위치가 험난하건, 땅 주변이 거칠고 더럽건 그 환경이 싫다고 피어나길 꺼려하는 꽃도 나무도 없다. 사람보다 낫다. 환경과 상황에 감사할 줄 모르고 투정 부리는 인간보다 꽃과 나무들이 훨씬 기특하고 대단하다고 나는 생각한다.

미토콘드리아 Mitochondria

고대 그리스어인 미토콘드리아는 Mitos, 끈이라는 단어와 Chondros, 낟알이라는 말의 합성어로, 겉모양이 낟알을 닮고 내부 구조가 마치 끈을 말아놓은 것 같은 진핵생물의 세포 안에 있는 중요한 세포 소기관이라고 한다. 라프레리의 홍보 담당자에게 신제품 설명을 듣다가 알게 된 기관으로 뭔가 그리스 신화나 호메로스의 이야기에 나오는 전설의 도시 같아 어려운 이름인데도 쉽게 외워졌다. 인체 피부 깊숙한 곳에 있다는 미토콘드리아는 '세포 발전소'라고 한다. 최근 들어 노화나 치매 등의 질환과도 깊은 관련이 있다는 연구결과로 재조명되고 있다. 세포의 에너지 요구에 반응하여 DNA를 복제하고 분열한다는 미토콘드리아를 일상에서도 사용할 수 있다면 좋겠다는 생각을 한다. 그렇다면 노래를 잘하는 이소라나 천재적인 스티브 잡스, 심하게 웃긴 박명수, 담담하고 유쾌한 유재석의 에너지에 반응하여 나의 감각들이 복

제되고 세포 분열할 수 있을 것 아니겠는가. 아! 그렇다면 사랑에 바보 같이 허덕거릴 때는 누구를 복제할까. 그것은 아마도 어떠한 상황에도 사랑만을 외치신 예수님밖에 없을 것이다.

인간관계에 있어서도 미토콘드리아 같은 존재가 될 수 있다면 좋겠다. 세포 내의 발전소 같은 역할을 하는 미토콘드리아가 좌절한 사람에게, 용기를 잃은 사람에게, 서로를 시기하고 미워하는 사람에게 따뜻한 마음과 사랑을 주는 그런 존재 말이다.

강원도 횡성, 풍수원 성당 앞마당에서

엽록체 葉綠體

세포 내 공생설에 따르면 엽록체는 미토콘드리아와 함께 대표적인 세포 내 공생체이다. 빛 에너지를 이용해 포도당을 합성하는 세포 내 소기관으로 독립적으로 분열하여 증식하며, 빛을 받기 전에는 엽록소를 합성하지 않아 백색이지만 가시광선 하에서 엽록소를 합성하여 녹색을 띠게 된다.

여행을 다니다 보면 굉장히 오래된 나무들을 만날 때가 있다. 그럼 나는 어느 왕국의 임금님을 만난 것마냥 정중하게 인사하게 된다. 어떤 때는 정말 깍듯이 고개 숙여 인사할 때도 있다. 그 살아온 세월이 2백 년, 3백 년 때로는 5백 년을 훌쩍 넘는 것들도 있기 때문이다. 우루무치에서 만난 나무는 3백 살이나 먹었고, 예산에서 만난 은행나무와 향나무는 5백 살이 훨씬 넘었는데도 파란 잎을 흔들고 있었다. 얼마나 많은 세월을 그 자리에 있으면서 얼마나 많은 일들을 보았을까.

행복했던 시절도, 괴로웠던 시절도 모두 그렇게 묵묵히 지켜보았을 나무에게 어찌 한 나라의 임금처럼 고개 숙여 인사하지 않을 수 있겠는가. 더군다나 겟세마니 동산에 올라갔을 때 만났던 올리브나무에겐 말도 걸었다. "기도하는 예수님을 보았니?"라고. 수난 전에 피땀을 흘리며 기도하셨던 이곳에서 올리브나무는 예수님의 슬픔을 느끼며 그렇게 같이 울어 주었을 것 같다는 생각에 문득 껴안아주고 싶어졌다. 그렇게 오랜 세월을 견뎌내도 언제나 변함없이 짙은 초록의 잎을 내는 것을 보면 참으로 그 생명력이 신비하고 부럽다. 오래 살아 부러운 것이 아니라 어떠한 시련과 고통 속에서도 묵묵히 견디며 담담하게 자신의 빛을 띠는 것이 부러운 것이다.

나도 엽록체가 필요하다. 아니 엽록체 같은 사람이 되고 싶다. 독립적으로 좋은 감성과 감각을 분열하고 증식하면서도 담담하고 고요하게 세상을 살다가 밝은 빛을 받을 때마다 긍정적이고 강렬한 녹색을 띠며 에너지를 발산하고 싶다.

겟세마니 동산에 있는 아주 오래된 나무는
과연 예수님의 기도를 들었을까.

결국 슬픔의 문제가 아니다

결국 슬픔의 문제가 아니다

폴 오스터의 《달의 궁전》에 나온 이 문장이 어느 날 내게 와 닿았다. 사람들은 힘들어하는 사람을 볼 때면 무작정 슬프게만 받아들인다. 그 안에는 굉장히 미묘한 상황과 섬세하게 쌓아온 애매한 감정이 있는데 말이다. 그러나 사람들은 그냥 간편하게 슬퍼한다고만 생각한다. 심지어 그것에 대해 시나리오도 쓴다. 시나리오 작가도 아닌데 엄청나게 부풀려서 말이다.

결국 슬픔의 문제가 아니다. 슬퍼서 잠시 말을 멈추고, 되도록 움직이지 않고, 조용하게 있는 것은 헤어짐이나 외로움이나 괴로움만의 문제가 아니다. 그것은 폭풍의 눈 한가운데 멈춰 서서 어찌해야 할지 조용히 생각하는 시간이기도 하고, 잠시 호흡을 고르고 앞으로의 방향을 생각하는 시간이기도 하고, 너무 지친 몸과 마음을 쉬게 하기 위해 잠시 작동을 멈춘 것이기도 하다. 그리고 그 안에는 그저 슬픔만이 아닌 후회나 아쉬움, 서러움과 두려움의 문제도 뒤섞여 있다. 그럴 때 나는 잠시 뒤로 물러선다. 도망치는 것이 아니다. 뒤로 물러서 호흡을 고르고 내 자신이 잠잠해질 때까지 나를 모든 것에서부터 떼어내고, 모든 것으로부터 기다리게 만든다. 그래야만 담담하게 다시 시작할 수 있고, 지금까지의 모든 관계를 한순간에 망쳐버리지 않고 소중히 지켜나갈 수 있기 때문이다.

다른 사람들이 보기엔 낙오자처럼 보일지도 모른다. 그러나 잠시 멈춘 듯한 그런 시간을 가질 때야말로 진정한 관계와 소중한 사람들이 드러난다. 마치 오랜 세월 숨겨진 진실이 드러나듯, 사금이 체에 걸러지듯 진정한 관계가 그 모습을 드러낸다. 조용히 뒤로 물러서서 기다리고 있는 사람을 대부분의 사람들은 잘 이해하지 못한다. 그래서 때로는 몇몇 조급한 이들에 의해 '헛소문'이라는 것이 생겨나기도 한다.

이집트의 하늘은 그냥 하늘이 아니었다.
알라딘의 요술 램프보다도, 오즈의 마법사보다도
더 기묘하고 아름다운 하늘로, 고대 이집트로 빠져나가고 싶어진다.
세상에 태어나 두 번이나 피라미드를 보리라곤 생각 못했었다.
처음 왔을 때는 언제 또 다시 이곳에 올 수 있을까 생각했지만 두 번째 보고 나니 또 다시 만날 수 있을 거란 생각이 들었다.
사람도 그런 사람이 있다. 다시는 볼 일이 없을 것이라 생각했는데
예상치도 못한 순간에, 생각지도 못한 장소에서 다시 만나게 되는
그런 사람…. 다시 만난 기묘한 하늘 밑의 피라미드처럼.

모래알 같은 시간의 향이 느껴지는 피라미드와
모든 것이 부서져 숨어 있는 사막과 함께 이집트의
하늘은 정말 기묘하고 아름다웠다.

석양이 질 때의 피라미드는 주위에 아무것도 없어도 드라마틱하다. 그래서 나는 작정하고 브람스의 인터메조 Op. 117(세 개의 간주곡)을 들으며 주위를 천천히 둘러본다. 브람스 스스로 '내 고뇌의 자장가'라고 불렀던 음악이 경이로운 풍경 속으로 한 음 한 음 사라진다.

기묘하고 아름다운 이집트의 하늘을 보며
모든 슬픔을 잠시 멈출 수 있었다.

베르메르도 놀랄 하늘

세상에는 어떠한 물감으로도 만들 수 없는 아름다운 색상이 있다.

특히 그러한 순간을 우연히 발견하게 될 때 기쁨은 두 배로 커진다. 밀라노에서 최고급 명품 거리로 유명한 비아 델라 스피가[Via Della Spiga]를 아무 생각 없이 걸어가다 문득 문 위로 퍼지는 아름다운 색상을 보게 된 나는 걸음을 멈추었다. 한낮의 빛이 저녁으로 넘어가기 직전, 어둑어둑해진 하늘이 등불이 하나둘씩 켜진 둥그런 아치문 속에서 오묘한 빛을 발산하고 있었다. 아주 조용하게, 아주 고요하게.

무릎을 꿇고 기도하고 싶은 하늘의 색이 마음에 슬며시 들어왔다.

평화의 기도

주여. 저를 당신의 도구로 써주소서.

미움이 있는 곳에 사랑을,

다툼이 있는 곳에 용서를,
분열이 있는 곳에 일치를,
의혹이 있는 곳에 신앙을,
그릇됨이 있는 곳에 진리를,
절망이 있는 곳에 희망을,
어둠에 빛을,

슬픔이 있는 곳에 기쁨을 가져오는 자가 되게 하소서.

위로받기보다는 위로하고,
이해받기보다는 이해하며,
사랑받기보다는 사랑하게 해주소서.
저희는 줌으로써 받고,
용서함으로써 용서받으며,
자기를 버리고 죽음으로써 영생을 얻게 됨을 깨닫게 하소서.

명동 성당 미사 후에는 매일같이 평화의 기도를 외운다. 처음에 그것은 참으로 의무적이었고, 다른 생각들로 가득한 기도였다. 그러나 매일, 매주, 매달 시간이 쌓여가는 동안 평화의 기도는 내가 앞으로 평생 살아가면서 외워야 할, 그리고 평생 살아가면서 수칙으로 삼아야 할 커다란 지침서라는 사실을 깨닫게 되었다. 우연한 기회에 그 기도에게 해를 항해 하면서 보던 하늘은 어느 순간도 모두 똑같은 하늘 없이 아름다웠다.

문에 맞는 상황을 하나하나 체험하며, 미움이 있는 곳을 외면하지 않고 사랑을 주며 나 또한 사랑받게 되었고, 절망이 있는 곳에 용기를 내어 희망을 주면 내가 절망하고 있을 때 누군가가 내게 희망을 주었다. 슬픔이 있는 곳에 누구보다 먼저 달려가 위로하면 그 누군가가 바로 내게 기쁨을 주었고, 내가 먼저 용서하면 바보 같은 기분이 들 것 같지만 막상 그러고 나면 내가 잘못했을 때 더 빨리 용서 받을 수 있었다. 어렵고 힘들어도 먼저 이해하고 나면 오히려 쉽게 일이 풀리고 그런 것들이 일상의 습관이 되면 크고 작은 모든 어려운 일 앞에서 내가 덜 힘들어지고, 덜 슬퍼지고, 덜 화가 나는 경우가 많았다. 결국 죽음을 생각할 정도로 어렵고 힘든 상황이 사실은 나를 살리는 길이었다는 것을, 그 신비한 체험을 하면서 깨닫게 되었다.

일상적이고 바쁜 이 지극히 평범한 세상 속에서 말이다.

Across the Universe

나는 사막이나 초원을 달릴 때 이 노래를 듣기를 좋아한다. 특히 영화 〈아이 엠 샘〉에 수록된 음악은 모두 주옥 같아 좋아한다. 사막이나 황야를 달리는 덜컹거리는 차 안에서 들으면 참으로 기묘하고 아름답다. 음악을 듣고 있으면 숀 펜과 다코타 패닝의 연기가 빛이 났던 몇몇 영화 장면이 떠올라서도 좋다. 영화 〈아이 엠 샘〉의 내용은 대충 이러하다. 7세 아이큐를 지닌 샘은 길거리 여인과의 사이에서 딸을 얻게 된다. 아이가 태어나자 바로 여자는 떠나버리고 비틀즈의 노래를 좋아하는 샘은 딸아이의 이름을 루시 다이아몬드라고 붙이고 홀로 키우게 된다. 루시와 샘은 레스토랑이나 비디오 나이트, 노래방에 다니는 등 일반적인 상식으로는 이해가 되지 않는 방법으로 살아가지만 주변에 사는 소외받은 이웃들의 도움을 받으며 하루하루를 소중하게 보낸다. 그러던 어느 날 루시가 아버지의 지능보다 앞서가는 것을 두려워한 나머지 학교 수업을 일부러 게을리하게 되고 이를 알게 된 사회복지관이 이들 부녀를 갈라놓으면서 이야기가 시작된다. 결국 루시를 입양한 양부모가 이들의 진한 사랑에 감동하여 양육권을 포기하고 샘과 루시가 함께 살 수 있게 해준다.

이 영화에서 숀 펜과 다코타 패닝의 연기는 정말 놀라운 빛을 발휘하는데 내가 특별하게 기억하는 부분은 변호사 리타와 샘의 대화이다. 자기 과시를 위해 샘을 무료로 도와주기로 한 물질 만능주의 사회에 더없이 잘 어울리는 상업적인 변호사 리타. 그녀는 샘을 도와주는 과정에서 진정한 사랑을 깨닫게 된다. 첫 번째 재판에서 지고 난 후 더 이상 자신이 아이를 양육할 수 없다는 사실을 알게 된 샘을 위로하러 간 리타는 종이로 벽을 만들면서 슬퍼하는 샘을 보며 안절부절못하다 자신의 가정사를 이야기하게 된다. 자신이 무엇인가를 도와줄 수 있다고 자만했던 리타가 지적 장애자 샘에게 오히려 자기의 숨겨진 고통을 얘기하기 시작하자 샘은 가만히 리타를 안아준다. 이때 리타는 울면서 샘에게 말한다. "샘. 때때로 걱정돼요. 내가 당신보다 더 도움을 많이 받을 것 같아서…."

표면적으로는 내가 도움을 준 행동이었는데 사실 그 일로 내가 더 많은 위로와 위안을 받을 때가 종종 있다.

화가 폴 호건은 말했다. "존재하지 않는 것을 상상할 수 없다면 새로운 것을 만들어낼 수 없으며 자신만의 세계를 창조하지 못하면 다른 사람이 묘사한 세계에 머무를 수밖에 없다."라고. 감성과 감각을

카이로에서 바하리아로 가는 버스에서 내다본 사막.

AUTOMATIC DOOR

불구자로 만들지 말자. 신체 장애자, 지적 장애자만이 장애자가 아니다. 감성 장애자는 그들보다 더 살아가기 힘들다. 신체 장애자는 최선을 다해 자신의 불행을 극복하여 발가락으로 그림을 그리기도 한다. 지적 장애자는 불굴의 의지로 최선을 다해 마라톤을 하고 수영을 한다. 그러나 감각과 감성의 장애자는 아무런 곳에도 쓸모없는 좀비처럼 음지에서 그저 남을 시기하고 질투하며 살아가는 존재가 되고 만다.

다른 것

세인트 피터스버그에 갔을 때 일이다. 도스토예프스키의 《죄와 벌》에서 마지막에 나왔던 센나야 광장에 가보고 싶어 지하철 역을 찾다가 길을 잃었다. 그런데 그곳에서 그 친구를 만났다. 보기에도 늠름한 셰퍼드 견으로 그 이름은 그레고리오였다. 개의 주인인 듯한 여자가 이름을 부르며 뛰기 시작하자 개도 같이 따라 뛰었다. 그런데 그 개의 다리는 세 개였다. 믿기지 않아 눈을 비비고 다시 봤다. 역시 세 개다. 세 개 뿐이라도 그 셰퍼드는 주인과 주인의 친구인 듯한 사람과 또 그의 개인 차우차우와 함께 어찌나 펄쩍이며 잘도 달리던지 눈을 뗄 수가 없었다. 여배우를 쫓는 파파라치처럼 나는 달려가 그들을 붙잡고 물어 보았다. 그 친구에게 무슨 일이 있었던 것인지. 다행히 영어를 하는 그녀의 말에 의하면 그레고리오는 3년 전에 교통사고로 다리를 잃었다고 한다. 그리곤 처음엔 매우 힘들어했지만 지금은 전혀 불편함이 없이 산다고 했다. 쳐다보니 그런 것 같았다. 심지어 친구 차우차우와 어찌나 장난을 치던지. 장애를 극복한 것도 대견하지만 두 개 모두 서로 뭔가 다르다는 것을 전혀 알지 못하는 것 같아 보기가 더 좋았다.

때로는 아이들이 더 어른스러운 말을 한다. 다리를 절며 불편하게 걷는 사람을 보더니 한 아이가 엄마에게 말한다. "엄마. 저 사람은 우리와 다를 뿐이지?" 다르다는 것은 잘못된 것이 아니다. 그런데 사람들은 다른 것에 매우 민감하다. 그래서 종종 힘들 때가 많다. 기업과 일을 할 때, 새로운 일을 시작할 때 내가 조금이라도 다른 사고와 방식으로 접근하려 하면 그들은 굉장히 방어적이 된다. 그렇게 되면 늘 하던 대로 하게 된다. 발전이 없다. 다른 것은 살아온 방식, 생활 방식, 생각하는 방식, 보듬어주는 방식, 걷는 방식, 입고 마시는 방식, 일하는 방식, 나누는 방식, 더불어 사는 방식, 울고 웃는 방식, 사랑하는 방식, 아끼는 방식, 삶의 방식이 다를 뿐 틀린 것은 아니다. 그렇기 때문에 서로의 방식이 다르다고 해서 그것을 욕하거나 미워하거나 나무라거나 비아냥거릴 순 없다. 물론 방식이 다르기 때문에 서로에게 화가 나기도 하고, 오해하기도 하고, 그래서 시간이 더 걸리기도 하지만 반대로 서로를 진심으로 이해할 수 있는 기회가 되기도 한다.

사는 방식 또한 마찬가지다. 미혼모도, 고아도, 지체 장애자도, 병자도 모두 다를 뿐 틀린 것은 아니다. 서로의 방식에 익숙해지고 이해할 수 있을 때까지 조금 더 인내하고 기다리기만 하자. 무조건 기다리고 인내하라는 것이 아니다. 때로 다투기도 하고 외면하고 싶어지는 마음이 생기기도 하지만 이때는 약간 거리를 두면서 계속해서 서로의 방식에 맞추기 위해 노력해야 한다. 그러다 보면 생각지 못한 세계를 경험하고 생각하면서 스스로 더욱 넓어지는 자신을 발견하게 된다. 그렇게 서로를 원망하고 미워하고 다투면서도 끝까지 그 끈을 놓지 말고 '다른 삶'을 인정하고 받아들여야만 한다. 그러면 말도 안 되게 다르다고 생각했던 것들이 서로 기가 막히게 어울리는 때가 찾아온다. 아주 생각지도 못한 순간에 말이다.

통곡의 벽 앞에서 이스라엘 군인들과
남미 전통 의상을 입은 여인이 묘하게 어울렸다.

잡스의 실패작들

스티브 잡스가 사망하고 난 후 신문은 연일 그의 죽음과 그가 얼마나 대단한 일을 했는지에 대한 기사로 가득했다. 그때 한 사설 칸의 아주 작은 기사가 나의 눈길을 끌었다. 바로 스티브 잡스의 실패에 대한 기사였다. 1983년 '애플 시리즈' 후속작으로 스티브 잡스는 신제품 '리사'라는 컴퓨터를 출시했다. 그의 딸 이름을 붙인 이 컴퓨터는 당대 최고의 기술이 모두 집약된 것으로 그의 자존심을 내건 명품이었다. 키보드가 아닌 마우스로 프로그램을 작동하는 이 컴퓨터를 내놓으면서 스티브 잡스는 "우주에 영향을 미칠 만큼 아주 중요한 컴퓨터를 만들겠다."고 말했다. 당시 엔지니어들은 기술적인 한계를 뛰어넘은 이 영리하고 천재적인 컴퓨터에 레오나르도 다 빈치 같은 열정을 쏟아부었다. 그러다 보니 고가의 가격이 되면서 대중의 외면을 받았다. 결국 자신의 첫 번째 딸 이름을 붙인 컴퓨터 '리사'는 애플 컴퓨터 최악의 실패작이 됐다.

스티브 잡스가 무엇보다 디자인에 엄청난 신경을 썼다는 것은 디자이너 조나단 아이브에게 중책을 맡긴 것만 봐도 알 수 있다. 그는 누구보다 미래지향적인 기술과 과감한 디자인을 접목시켰는데, 그 결과로 성능이 떨어지거나 가격대가 너무 높은 실패작도 속출했다고 한다. 모든 사람들이 알다시피 그의 고집스럽고 독단적인 창작 활동은 자기가 만든 회사에서 쫓겨나는 결과까지 초래했고, 그 뒤에도 수차례 뜨거운 실패를 경험해야 했다. 그러나 그가 고집스럽게 밀어붙인 '단순함의 미학'은 결국 비행기처럼 매끄럽고 나비처럼 부드럽고 하얀 눈처럼 깨끗하고 모던한 아이팟을 탄생시켰다.

스티브 잡스는 "끊임없이 실패의 위험을 감수하는 사람만이 진짜 예술가다."라고 했다. 사람들은 대체로 실패를 하면 부끄러워하고 자존심 상해하며 좌절하기 마련이지만 잡스는 아니었다. 그 실패가 필요에 의한 '과정'이었음을 증명해줄 때까지 기다릴 줄 알았다. 실패를 해야만 다음 과정이 있다. 실패를 해야만 더 먼 곳을 볼 수 있다. 실패를 해야만 배려심도 생기고, 실패를 해야만 다음 아이디어가 더욱 완벽해질 수 있다. 절대로 실패를 두려워해서는 안 된다.

그건 사랑 또한 마찬가지이다. 사랑을 원한다면 용기를 내어 한발 내디뎌야 한다. 그렇지 않으면 절대로 자신의 사랑을 찾을 수도 만날 수도 없다. 인간관계에 있어서도, 삶에 있어서도, 사랑에 있어서도, 일에 있어서도 실패를 넘어선 자만이 자기 손으로 새로운 세상을 만들 수 있고, 자기 발로 새로운 세상으로 건너갈 수 있다. 죽음의 강이라고 생각했던 요르단 강이 사실은 낙원으로 가는 지름길이었다. 결국 실패는 성공의 지름길이라는 말은 누구나 아는 뻔한 격언이 아니라 누구에게나 통용될 수 있는 살아 있는 진리이자 뜨거운 진실이다.

늘 갈망하고 우직하게 나아가라(Stay Hungry, Stay Foolish)
–스티브 잡스

언제나 열정적으로 살았던 이 시대의 레오나르도 다 빈치이자 많은 이들에게 희망을 주었던 스티브 잡스의 영혼을 위해 기도한다.

생각을 다시 생각하기

"혁신은 1천 번의 '아니오!'라는 말에서 시작된다." 하! 참으로 멋진 말이 아닌가. 스티브 잡스를 좋아하게 된 것은 그의 대단함 때문이 아니었다. 정말로 나를 위로해줄 때가 얼마나 많았는지. 내가 새로운 일을 시작할 때마다 사람들이 하나같이 하는 말은 "불가능한 일이에요."였다. 그런데 그것이 진짜 가능하지 않은 일인가 하면 그런 것도 아니다. 그저 항상 그래왔던 관습과 선입견, 편견에 의한 것이다. 그럴 때마다 나는 말한다. "아니오. 할 수 있습니다."

생각을 다시 해보면 참으로 세상엔 불가능한 일이 가능한 일로, 평범한 일이 비범한 일로, 아무것도 아닌 것이 아름다운 것으로 바뀌는 일들이 허다하다. 생각을 바꿔 살아야만 한다. 내가 스타일리스트라고 해서 옷만 보았다면 나는 많은 것을 보지 못했을 것이다. 심리학자의 마음으로 상대방의 옷을 스타일링하고, 애서가의 마음으로 책을 사랑하고, 청소부의 마음으로 절약하며, 요리하고 물 긷는 사람의 마음으로 사업을 한다면 어떨까.

물리학자 아르망 투르소는 말했다. "최악의 과학자는 예술가가 아닌 과학자이다. 최악의 예술가는 과학자가 아닌 예술가이다." 생각을 다시 해보는 연습을 통해 우리는 상상력을 키우고, 상대방을 이해하며, 거침없이 자신의 희망을 실행하며 살 수 있다. 그 대표적 인물이 바로 빨간 머리 앤이 아닐까 싶다. 나의 사랑, 나의 친구, 나의 멘토였던 빨간 머리 앤이 말했다. "우린 부자야. 왜냐하면 우린 행복하고 모두 상상력을 지녔어." 상상력을 지닌 사람은 추상적인 의미에서만이 아닌 실제로도 부자가 될 수 있다. 이제는 너무 일상적이 되어버린 청바지는 리바이스 스트라우스의 '생각 뒤집기'에서 시작된 것으로 501호 천막을 이용하여 그 유명하고도 유명한 '리바이스 501'이 탄생한 것이다. 코코 샤넬은 모든 여자들이 페티코트에 드레스를 입던 시절 남자들의 제복에서 영감받아 멋진 샤넬 룩을 만들었고, 남자 속옷 소재였던 저지를 사용하여 오늘날 섹시한 여자들이 애용하는 소재로 사랑받게 했다. 이들의 '다시 생각하기' 작업이 세계를 바꾸고, 역사를 바꾸게 된 것이다.

이 외에도 생각을 바꾸면 세상 살기가 참으로 편해진다. 루카복음서에 이런 말이 있다. "누가 너를 혼인 잔치에 초대하거든 윗자리에 앉지 마라" 별말 아닌 것 같지만 내 경우 이 말을 항상 마음에 새기고 작은 습관부터 고치니 세상 살기 참 편해졌다. 직업상 패션쇼나 파티의

야생마를 길들일 수 없다면 언제나 우린 바라볼 수밖에 없다.
세상의 모든 경험을 두려워해서는 안 된다. 야생마 같이 거친 삶도
피해서는 안 된다. 상트 페테르부르크의 프로스펙트 거리에서.

초대장을 많이 받게 되는데 예전엔 자리가 어디냐, 누구와 같이 앉느냐로 한창 실랑이를 했다. 이러다 보면 항상 초대하는 이도, 초대 받는 이도 마음 상하기 일쑤다. 특히 패션쇼장에 가서 단지 유명 매체라는 이유로 자존심 싸움을 하며 앞자리에 앉으려고 애를 쓰는 것을 보면 보기에도 민망하다. 더군다나 디자이너에게 있어 중요한 쇼임에도 불구하고 연예인들은 자신의 매니저나 스태프까지 나란히 앉히려고 해서 쇼를 진행하는 사람들을 애태우기도 한다. 외국에서 캘빈 클라인 쇼나 마크 제이콥스 쇼 등에 가보면 힐러리 스웽크나 르네 젤위거, 위노나 라이더 같은 세계적인 스타들이 모두 디자이너의 쇼를 축하하러 혼자 온다. 심지어 늦게 도착한 리브 타일러는 좌석 사이에 있는 복도 바닥에 앉아 보기도 한다. 그런 모습을 볼 때마다 우리나라 연예인들을 떠올리며 씁쓸하게 웃는다. 어쨌거나 성경이 이런 상황까지 모두 다루고 있다는 게 재밌고 신기하다. 윗자리에 앉아 있으면 "이분에게 자리를 내드리게."라고 누군가가 요구할 수도 있지만, 아예 끝자리에 앉아 있으면 초대한 이가 더 앞자리로 올라오라고 할 수도 있는 것처럼 우리가 생각만 조금 뒤집으면 세상이 훨씬 살기 좋아진다고 나는 믿는다. 그럼 조금 더 이해하고 양보하고 웃으며 살 수 있을 것이다. 빨간 머리 앤처럼 생각을 다시 해보자. 그러다 보면 엄청난 시련도 별것 아닌 것처럼 대할 수도 있을 테니까.

"내일이 아직 실패를 하지 않은 새날이라는 것을 생각하면 기쁘지 않아요?" 빨간 머리 앤의 이 말은 얼마나 멋진 말인가. 실패한 현실을 걱정하기보다 실패하지 않은 새날을 설레어 하는 그 마음이. 생각을 다시 해보자. 그러면 참 많은 것이 변할 것이다.

파블로프의 개처럼 사는 삶

내가 기업 컨설팅을 하거나 새로운 분야에서 일을 할 때 항상 듣는 말이 있다. "그게… 이 분야를 잘 모르셔서 그러시는데 여기는 그런 것은 안 되는데요." 어쩜 그렇게 다들 똑같은지. 몰래 만나 작당해서 짜 놓은 말처럼 매번 꼭 같다. 무슨 말인가 하면 매번 내가 무엇인가를 새로운 아이디어를 제시할 때면 그들의 시스템과 여건으로 봤을 때 가능하지 않다는 말부터 꺼내놓는 것이다. 처음에는 나도 그런 줄 알았다. 내가 너무 무모한 생각을 하는 것인가 했다. 내가 너무 높은 이상만으로 얘기하는 것인가 고민하기도 했지만 결국 나의 직감과 직관을 믿고 밀어붙이면 언제나 변화가 일어났고, 일의 결과는 확실하게 성공적인 호응으로 이어졌다. 여기서 내 자랑을 하자는 게 아니다. 그저 매번 똑같이 반복되는 사람들의 얽매인 사고와 굳어버린 고정관념에 대해 이야기하고 싶을 뿐이다. 컨설팅이나 새로운 프로젝트, 방송 다 마찬가지다. 나로서는 주로 과정에서 지칠 때가 많다. 기획하고 준비하는 과정에서 가장 힘든 시간을 겪으며 사람들을 설득하는 과정을 거쳐 프로젝트가 수면 위로 떠올랐을 때는 몸은 힘들지만 오히려 마음은 편하다. 성과가 보이고 호응을 얻게 되면 사람들은 언제 그랬냐는 듯 지난 일들을 쉽게 잊어버린다. 일을 기획하는 준비과정에서는 그렇게 딱딱하게 굴었던 사람들이 말이다.

대체적으로 분야가 다르면 일의 본질이나 성격이 다르다고 생각하지만 분야가 다르고 업종이 다르다고 해도 본질은 언제나 똑같다. 사람들은 성공에 쉽게 안주하려 든다. 그것이 큰 성공이건 작은 성공이건, 자기의 성공이건 남의 성공이건 간에 일이 조금 잘되어간다 싶으면 계속해서 똑같은 패턴으로 일을 진행하려 든다. 하지만 그것처럼 무서운 일이 없다. 물이 고이면 썩는다는 사실을 알면서도 자꾸 한곳에 고여 있는 물처럼 일한다. 그래서 성공했다고 기뻐하는 순간이 바로 스스로 자신의 발목을 잡아끌어 진흙탕으로 깊이 빠뜨리는 지름길이 되기도 한다. 두뇌와 마음과 세포를 미친 듯이 활짝 열어놓아야 한다. 마치 만화 속 주인공처럼 엉뚱하다는 말을 듣더라도 생각의 폭을 넓히고 좌로 우로 앞으로 뒤로 계속해서 엉뚱한 방향으로 치고 밀고 들어가고 빠지며 생각해야 다른 이들과는 다른 창조력으로 새로운 아이디어를 만들어낼 수 있기 때문이다. 나는 '경쟁'이라는 단어를 싫어한다. 경쟁이란 이미 내가 나의 발목을 잡아끌겠다고 작정한 일이다. 경쟁을 하는 순간부터 상대방을 의식해야 하고 비슷한 것으로 앞서거니 뒤서거니 하는 수밖에 없다. 아예 다른 상상력과 시선으로 농구공처럼 튀어야 경쟁이 아닌 자유로운 질주를 할 수 있다. 그러니 기다리는 시간이 길고 지루하고 때로는 황당하고 말이 안 된다는 소리를 들어도 용기를 내어 보자. 적어도 파블로프의 개처럼 평생을 살 수는 없는 일 아닌가.

우리는 보이지 않는 것을 희망하기에 인내심을 가지고 기다립니다. (로마 8,25)

상트 페테르부르크에서 만난 세 발의 개를 보고 깜짝 놀랐다. 그 개는 교통사고로 다리 하나를 잃었지만 전혀 기죽거나 힘들어하지 않고 당당하게 뛰어다녔다. 인간은 조금이라도 다른 사람에게는 굉장한 이질감을 느끼니 때로는 짐승만도 못하다는 이야기를 듣는 것 같다.

돈키호테처럼 살며 사랑하며

누가 미친 게요? 장차 이룰 수 있는 세상을 상상하는 내가 미친 거요? 아니면 세상을 있는 그대로만 보는 사람이 미친 게요?
–세르반테스, 《돈키호테》 중에서

김경의 《셰익스피어 배케이션》을 읽으며 돈키호테의 매력을 새삼 알게 되었다. 그는 단순히 미친 사람이 아니라 매우 비범하고 창조적이며 이상이 높은 사람으로, 요즘 시대에 태어났다면 스티브 잡스를 능가하지 않았을까 싶다. 심지어 나는 세상을 살면서 누구나 한번쯤은 "너 미쳤구나."라는 말을 들어야 한다고 생각한다. 아니 확신한다. 창조적인 일은 미쳐야만 상상할 수 있고, 용기를 낼 수 있으며, 실행할 수 있다. 사랑은 미쳐야만 빠져들 수 있으며, 기다릴 수 있고, 견딜 수 있다.

하인리히 슐리만은 독일 출신의 사업가이자 상트 페테르부르크 제국 은행의 총재까지 지낸 인물로 상업에 종사하면서 각종 언어를 배우고 고대 그리스어까지 익혔다. 그는 호메로스의 《일리아스》를 읽은 후 고대 도시 트로이를 찾아가기로 결심한다. 이렇게 이야기만 들으면 있을 수 있는 일이라 생각될지 모르지만 상상해보자. 돈과 지위와 명예가 있는 사람이 책 속의 도시를 찾아 온 재산을 쏟아부으며 방랑을 시작한다는 사실을. 그에 관한 영화를 보니, 슐리만이 트로이를 찾아 나섰을 때 사람들은 모두 그를 미친 사람 취급을 했다. 지인과 친구들도 비아냥거렸다. 그때 슐리만은 이런 말을 한다. "그들이 나를 못살게 구는 것은 자신이 하고 싶어도 못하는 일, 즉 '꿈을 찾아 떠나는 일'을 하지 못하기 때문이라오."라고.

인생을 완벽하게 계획하며 살 필요는 없다. 단! 매 순간 최선을 다하고, 매 순간 마음과 눈과 귀와 세포를 열어놓자. 인생을 꼭 틀에 맞춰 살 필요는 없다. '내가 정말 이래도 되는 걸까.'라는 생각을 꿀벌의 날갯짓처럼 수없이 하면서도 이럴 수도 있고 저럴 수도 있다며 자신의 꿈을 격려하고 위로하면서 세상을 좀 더 당당하고 즐겁게 살자고 말하고 싶다. 다시 말하지만 한 번뿐인 자신의 인생을 세상 사람들이 요구하는 틀에 맞춰 살 필요는 없다. 다만 자신의 규칙과 원칙만큼은 철저하게 지켜야만 한다. 어두움이 있어야 밝음이 있는 것처럼, 자기만의 원칙과 윤리를 지켜야만 세상을 좀 더 자유롭게 살 수 있는 정당한 권리가 생긴다. 지난날의 잘못을 반성하되 후회하지는 말자. 설사 잘못을 저질렀다고 해도 그 잘못을 깨끗이 인정하고 그 다음부터 최선을 다해 열심히, 성실히 살면 그만이다. 혹시 상처가 남을 수 있을지 모르지만 괘념치 말자. 상처는 언젠가 반드시 아물기 마련이고 흉터는 부끄러워하지 않으면 그만이니까.

그저 말하고 싶은 것은, 온 마음을 다해, 최선을 다해, 실패도 하고 좌절도 하고 부끄러운 일도 저질러봐야 한다는 거다. 이 모든 경험을 바탕으로 내가 살아온 길을 돌아봐야 내가 진심으로 원하는 새로운 길이 비로소 보인다. 가장 밑바닥이라고 생각되는 순간이 기회가 된다. 모든 것이 끝났다고 생각되는 순간 젖 먹던 힘을 발휘해 용기를 내는 자기 자신을 한번 경험해봐야 한다. 죽음은 곧 부활이요 생명이다. 파이팅! 세상을 살아가는 모든 이들이여.

3

바보가 사랑을 찾아 방황할 때

—

I am love

아무 생각 없이 맑은 하늘 아래서 돌아다니다
문득 바라본 빌딩 숲 사이로 하늘이 붉게 달아오른다.
웃고 떠들다 문득 바라보니
붉게 물들어가는 저녁 하늘에 마음을 사로잡혀
길거리에서 멍하니 쳐다보았다.
빠르게 지나가는 사람들 사이로
나의 시간은 그렇게 멈춰졌다.

문득 쳐다본 하늘이 아름다운 진홍빛을 띠게 되면
나의 마음도 붉게 달아오르는 것 같아 뭉클해진다.
기대하지도, 예상치도 못했던 순간에 매일 볼 수 없는
아름다운 하늘을 발견하곤 난 놀라울 정도로 행복해진다.

인연도 그럴 것이다. 인연도 그렇게 생각지 못한 순간에 다가올 것이다. 기대하지도 예상치도 않았던 아름다운 저녁 하늘을 보았을 때처럼….
–맨해튼 첼시를 걷다가

"인연을 만나는 일은 고독만큼 멋진 거야. 우린 용기를 내야 해." 영화 〈아이 엠 러브〉에서 주인공 엠마는 자신의 딸 베타가 쓴 편지를 우연히 발견하면서 용기를 얻게 된다. 펜디와 질 샌더를 기막히게 입은 틸다 스윈튼의 연기도 멋있었지만 영화는 아름다운 영상과 음악으로 보는 내내 한 편의 시집을 읽는 것 같은 감흥을 일으킨다.

영화의 내용은 이러하다. 러시아에서 이탈리아 부호에게 시집온 엠마는 이름까지 바꾸고 살며 조용한 나날을 보내지만 《인형의 집》 노라처럼 어느샌가 자아를 잃게 되었다. 그런 엠마에게 큰아들의 친구 안토니오가 나타나고 그들은 곧 사랑에 빠진다. 엠마의 딸 베타는 동성애자로서, 우연히 알게 된 한 여자를 사랑하고 있다. 안토니오와의 사랑에 망설이던 엠마는 베타가 쓴 편지를 우연히 읽게 되면서 용기를 얻어 사랑을 찾아 나서고, 더불어 자아를 찾게 된다는 내용이다.

《그리스인 조르바》를 연상시키는, 거칠면서도 드라마틱한 사랑 이야기가 나오는 이병주 선생의 《소설 알렉산드리아》의 첫 장을 보면 이런 글이 있다. "사랑은 사랑할 수 있는 용기를 말한다." 이 글을 운명적인 순간에 읽게 되었던 난 용기를 내어 나로서는 최선을 다한 사랑을 할 수 있었다. 더 이상 후회만 하며 살고 싶지 않았기 때문이다. 우리는 때때로 살아가면서 많은 용기를 내야 할 필요가 있다. 사랑하는 사람에게 자신의 마음을 표현하기 위해, 미안하다는 말을 먼저 하기 위해, 잘못을 용서 받기 위해, 후회를 줄이기 위해. 그렇게 많은 용기를 내어 살지 않으면 언제나 그 자리에 머물게 될 것이다. 부끄러운 일을 겪게 되더라도, 실패하더라도 용기를 내어 앞으로 나아가지 않으면 언제까지나 남이 사는 세상만을 부러워하게 될 것이다.

〈섹스 앤 더 시티〉를 보며 가끔씩 울컥할 때가 있었다. 샬럿은 베이비 샤워 파티를 하는 미란다의 초대를 거절하고, 아이를 낳지 못하는 자신을 책망하며 집에 홀로 있다가 엘리자베스 테일러의 다큐멘터리를 보게 된다. 샬럿만큼, 아마 그보다 더하게 나 또한 엘리자베스 테일러가 한 말에 감동했다. "힘들더라도 용기를 내라. 만약 용기가 나지 않는다면 그런 척이라도 하고 앞으로 나아가라." 때때로 너무 괴롭거나, 혹은 너무 부끄럽거나, 혹은 도망치고 싶거나 할 때마다 나는 엘리자베스 테일러의 이 말을 기억하며 예쁘게 옷을 차려입고 집을 나서기도 한다. 심호흡을 크게 하고, 주먹을 꾹 쥐고, 눈물을 머금은 눈에 최대한 아름답게 화장을 하고 나는 이 거친 세상에 용기를 내어 앞으로 나간다. 용기를 잃지 말자. 용기가 나지 않는다면 정말 그런 척이라도 해보자. 그렇게 어려운 시간을 견디며 극복하다 보면 세상은 나를 위해 움직이기 시작한다.

밀라노를 배경으로 찍은 영화 〈아이 엠 러브〉는
우리에게 말한다. 사랑은 사랑할 수 있는 용기를 말한다고.
에르미타주 박물관에서

사랑 없이는 아무것도 아닙니다

신문에서 이런 기사를 보았다. 세계 평화 기도의 날에 조계종 총무원장 자승 스님이 세계 불교도 대표로 연설하게 되었다는 것이다. 지난 10월 이탈리아 아시시에서 열린 세계 평화 기도의 날 행사에는 교황 베네딕토 16세를 비롯해 유대교, 힌두교 등 세계 각국 종교 지도자가 다 모였다. 교황 요한 바오로 2세에 의해 냉전 중 세계 평화를 위해 시작된 이 행사는 종교를 떠나 전 세계 평화를 위해 다 함께 기도하는 데 그 의미가 있다.

나는 종교인이 아니다. 명동 성당에 교적까지 두고 있지만 그럼에도 불구하고 난 종교인이 아니라고 말하고 싶다. 난 단지 하느님이라는 존재가 오로지 '사랑'이라는 것을 알게 되어 그 사랑을 실천하고 나누고 싶은 사람일 뿐이다. 처음엔 그저 천주교 신자였다. 하지만 그때 나는 어디에서도 기도를 하지 않았고, 하느님을 안다고 말한 적도 없었고, 성당에 다니는 일이 즐겁지도 않았다. 꼬박꼬박 주일 미사에 참석했지만, 기도는 꼭 원하는 것이 있을 때만 수능시험 전에 바짝 열을 내는 학생처럼 그렇게 반짝 기도만 드렸을 뿐이다. 그러나 진정한 사랑의 의미를 알게 되면서, 그리고 그 사랑을 나름대로 베풀게 되면서 비로소 내 삶이 진정한 행복으로 충만하게 되었다는 사실을 알게 되면서, 그리고 모든 시련과 고난이 결국 축복의 시간이었다는 사실을 알게 되면서 '그리스도인'으로 살기 시작했다. 성당은 그저 나의 성격과 감성에 맞게 기도하기 알맞은 성스러운 장소이며 나는 그저 '사랑'이 좋아 '사랑'을 따르고, '사랑'을 위해 '사랑'을 행하는 사람으로 살고 싶어서 기도하게 되었다.

이전의 나는 사는 것에 별로 계획이 없었다. 일이 잘 되어도 별반 기쁘지 않았고, 그저 옷이 좋아 시작한 일들은 나를 얽매고 구속한다는 생각에 감사한 마음조차 느끼지 못했다. 너무도 드라마틱한 나의 가족사와 환경이 원망스럽고 싫었다. 돈을 벌 욕심은 애초부터 크게 없었지만 무엇을 위해 살아야 하는지조차 알 수 없었던 게 나의 불행이었다. 그리고 내게 일어나는 그 모든 시련이 싫어 언제나 '왜 저입니까? 제가 무엇을 잘못했습니까?'만을 외쳤다. 그 수많은 사연을 구구절절 풀어낼 수는 없지만 나는 어떠한 계기로 나락 끝자락까지 떨어졌고, 지독한 고집으로 인해 수면 위로 올라오지 못한 채 점차 죽어가고 있었다. 그러던 어느 날 극한 상황 속에서 사람들과 더불어 시련을 극복하는 과정을 통해 '사랑'이 무엇인지 깨닫게 되면서 나의 2년간의 여정이 시작되었다. 그 과정 속에서 나는 하느님의 실체를 알게 되었고, 그분은 종교나 사회적 이념이나 신분, 지위와는 상관없이 그저 '사랑'만을 추구하는 분이라는 사실을 알게 되었다. 처음에 나는 하느님의 사랑을 실천하기 위하여 돈을 많이 벌어 사람들에게 많이 기부하는 것이 최상일 것이라 생각했다. 그러나 기부는 주민세를 내야 하는 시민의 도리처럼 아주 기본적인 사랑의 의무일 뿐 진정한 사랑의 본질은 아니란 것을 깨닫게 되었다. 그렇다면 하느님의 말씀을 전하며 살았던 사도들처럼 그렇게 살아야 하나 생각했지만 또 다른 체험을 통해 그것 또한 내가 성실하게 삶을 살아야 하는 것처럼 너무나도 기본적인 일이라는 것을 깨달았다. 그렇다면 '하느님이 원하는 사랑'이 무엇일까? 정말로 궁금해져 길을 떠나도 보고, 새벽 미사를 매일같이 드려보기도 하고, 사람들을 위해 기도도 시작했다. 그러다 깨닫게 되었다. '사랑'의 의미를.

〈울지마 톤즈〉에서 고 이태석 신부는 이런 말로 나를 극장 안에서 펑펑 울게 만들었다. "처음에는 가난한 톤즈 사람들을 위해 학교도 짓는 등 이것저것 해보려고 했지만 결국 가장 중요한 것은 '그들과 같이 있어주는 것'이 최선의 방법이란 걸 알았어요." 담담하고 선하게 웃으며 말하는 이태석 신부는 처음엔 성당을 지으려 했지만 학교가 없는 톤즈 아이들을 위해 학교를 먼저 지으셨다. "과연 예수님이라면 학교를 먼저 지으셨을까요, 성당을 먼저 지으셨을까요?"라고 말하면서 말이다. 톤즈 사람들은 하염없이 울었다. 아이도, 노인도, 한센인 환자도. 그들은 그저 자신들을 돌봐주는 사람이 죽어서가 아니라 자신을 진심으로 사랑하며 곁에 있어줄 사람이 없다는 사실에 통곡했다. '같이 있어주는 것' 그것이 하느님이 원하는 '사랑'이고, 예수님이 실천하셨던 '사랑'이라면 나는 마음 깊숙한 곳에서 우러나오는 존경심과 믿음으로 그 '사랑'을 따르고자 한다.

예수님이 밤새 기도를 하고 열두 제자를 선발하실 때 그들의 직업은 가장 하잘것없는 목수이자 세리(세금을 걷는 자)였다. 미래를 보셨던 예수님은 유다 이스카리옷이 자신을 배반할 것이라는 것을 알면서도 그를 피하지 않고 받아들이셨다. 그렇게 많은 율법과 관습 속에서도 필요한 자를 위해서라면 언제나 그 규율을 깨뜨렸고 무시하셨다. 모든 이들이 돌팔매질 하는 창녀도 받아들였고, 이교도 귀족이어도 그 믿음만을 보고 기도를 해주셨다. 그전에는 몰랐다. 하느님의 방식과 그 방법을. 그랬기 때문에 구태의연한 종교로만 받아들였고, 때때로 보여주기 위한 종교인들의 이해할 수 없는 이율배반적 행동에 거부감을 느꼈다. '사랑'을 위한 행사에 초청되는 사람들이 얼마나 굉장한 사람들인지 자랑스럽게 나열하며 의기양양할 때, 제사를 지내고 안 지내고, 하느님이냐 하나님이냐를 두고 서로를 비난할 때마다 종교가 싫어졌다. 그러나 지금 내가 아는 하느님은 사랑을 베풀고 나눌 수 있다면 굉장히 기발하고, 독창적이고, 때로는 영화보다 더 드라마틱한 방법으로 사람들의 마음을 유도하는 기획자이자 연출자이자 아티스트이자 작가이다. 그래서 재미있었다. 하느님을 알아가는 과정이. 그래서 굉장히 힘들었고, 벅찼고, 어려웠다.

나의 이런 신앙 고백에 종종 "하느님을 아는데 왜 어려운가요?"라는 질문을 받는다. 그때마다 나는 필라테스에 비유하곤 한다. 나쁜 식습관과 자세로 응급실 신세를 질 때가 많았던 나는 도저히 견딜 수 없는 상황까지 가자 몸을 고쳐보기로 마음먹고 식습관을 고치며 필라테스도 시작했다. 재활 프로그램으로 시작된 필라테스가 내게 맞는다고 생각했지만 그 과정이 너무도 어렵고 힘겨웠다. 그렇게 3년 정도가 지나자 조금씩 나아졌는데 그때마다 선생님이 새롭게 알려주는 동작 또한 계속해서 어려워졌다. 그렇게 힘겹게 동작을 익힐 때마다 선생님은 마치 〈쿵푸 팬더〉 포의 스승처럼 말했다. "힘들다는 것은 몸이 제대로 동작을 익히고 있다는 증거예요." 제대로 된 운동은 힘들 수밖에 없고 그래야만 몸이 만들어진다는 것이다. 사실 그랬다. 눈알이 핑글핑글 돌 정도로 어려운 동작을 익힐 때마다 세포 사이사이에 근육이 생기고 몸이 정리되는 것을 느꼈다. 결국 내가 힘들면 포기하면 되지만 힘들어도 따르면 내 몸이 건강해지고 아름다워진다. 신앙 또한 마찬가지이다. 사람들은 대체로 자신이 원하는 기도만 하지 하느님이 원하시는 것이 무엇인지는 알려고도 하지 않는다.

나도 힘들고 지칠 때면 마음이 다시 사납게 변하고 폭풍우가 친다.

'천사의 말을 전하는 사람도 사랑이 없으면 소용없다.'
푸시킨 박물관에서.

그렇게 마음이 혼란스러울 때면 마음을 편안하게 만들기 위해 사도 바오로의 말씀으로 만든 성가를 부른다. 어느 날 새벽 미사가 끝나고 동네 목욕탕의 탕 속에 혼자 앉아 있으려니 심심도 해서 이 성가를 조용히 불렀다. 그러자 내가 혼자 앉아 있는 동그란 욕탕 주변으로 목욕탕을 청소하던 혜란이 엄마와 때밀이 아주머니들이 삼삼오오 몰려 와 내 노래를 듣는 것이 아닌가. 당황스럽기도 쑥스럽기도 했지만 계속해서 노래를 불렀다. 그 순간 참으로 평생 못 잊을 일이 일어났다. 작게 울려 퍼지는 노랫소리에 맞춰 아주머니들이 몸을 조금씩 양 옆으로 흔들며 듣기 시작하는 것이 아닌가. 어떤 이는 내 노랫소리에 맞춰 콧노래까지 부르면서 말이다. 조용히 듣고 있던 아주머니들이 노래가 끝나자 "그려 사랑 없이는 아무 소용두 읎지."라며 서로 빙긋이 웃다 각자의 자리에 돌아갔다. 어린아이에게도, 나이 많은 사람에게도, 돈이 많은 이나 없는 이나, 동서양을 막론하고 사랑 앞에선 모두들 마음이 따뜻해지는 모양이다.

사랑의 송가
천사의 말을 하는 사람도 사랑 없으면 소용이 없고,
심오한 진리 깨달은 자도 울리는 징과 같네
하느님 말씀 전한다 해도 그 무슨 소용 있나
사랑 없이는 소용이 없고 아무것도 아닙니다

인연이란…

참 오랜 시간 난감했다.
어찌해야 할지 잘 몰라 난감했다.
도대체가 험난한 오지 촬영보다도,
예민한 배우들과 촬영할 때보다도,
더 어렵고 힘든 것이 나에게는 사랑이었다.
이게 사랑인지 아닌지,
이게 사랑해도 되는 것인지 아닌지,
이게 사랑이 시작되고 있는 것인지 아닌지,
이게 사랑이 끝나는 것인지 아닌지….
언제나 헷갈려 난감해하면서
머리에 땀방울, 눈에는 눈물방울만
그저 뚝뚝 흘렸다.

그저 뚝뚝….

그런데 인연이란….
그저 자연스럽게, 원래 그랬던 것처럼
아주 자연스럽게 다가오는 것이 아닐까 싶다.
"그걸 어떻게 알아요. 몰라요. 갑자기 찾아오는데….
생각도 없이, 아무런 기대도 없이 만나게 되는데….
나도 그렇게 만났어요. 그 사람일 줄 알았나?"
안성기 선생님의 사모님이 내게 말씀하셨다.
그렇게 인연은 생각지도 못하게 다가올 거라고.
헷갈려 할 틈도 없이 아주 조용히 갑작스럽게 다가온다고.

안나 가발다의 《나는 그녀를 사랑했네》에서 이런 글을 읽었다.
공을 치면 그것이 어디로부터 되돌아올지 모르지만
줄에 매여 있기 때문에
반드시 돌아오게 되어 있는 것이 조카리 공이라고.
공이 어디로부터인가 되돌아오리라는 것을 알면서 잠시 기다리는 것,
그건 감미로운 서스펜스라고…. 그러니 그 시간을 즐기라고.

요즘은 그래서 기다릴 수 있게 되었다.
너무 멀리 던져진 나의 조카리 공 같은 인연 때문에

여행도, 사랑도, 일도 최선을 다해 행하며 다양한 세상을 경험할 수 있었다.
그러니 늦게 인연을 만나는 사람들이여,
희망을 가지고 그 시간을 즐기자.
삶을 즐겨야만 광채를 내뿜을 수 있고, 그래야만 자신의 인연이 그 빛을 따라올 것이다.

모스크바 참새 공원에서 공을 아주 잘 집어 오던 개.
내 인연도 좀 물어다 주었으면 좋으련만….

에펠 같은 인연

아무래도 내 귀는 습자지 귀인 것 같다.
우울하게 있던 어느 날 습자기 같은 내 귀에
루시드 폴의 노래가 기가 막히게 흡수된다.

우리 만날 것들은 만나게 되리
이제 더 이상 기다리지 않아도
만날 것들은 만나게 되리
이젠 더 이상 기다리지 않아도
–루시드 폴, 〈이젠 더 이상 기다리지 않아도〉 중에서

새벽에 눈이 뜨였다. 이불 속에서 뒤척이다 새벽 산책을 나섰다. 호텔의 한쪽엔 어제 본 몽파르나스 역과 상점이 즐비하게 늘어서 있다.

호텔의 반대편은 가보지 않았지만 보기에도 썰렁했다. 무엇이 있을까, 위험하지는 않을까, 생각하다 궁금해서 모퉁이를 돌았다. 그렇게 아무것도 없을 것 같던 반대편 모퉁이를 돌자 생각지도 못했던 에펠탑이 멀리서 우뚝 서 있었다. 반가웠다. 하늘에 태양이 부글거리며 붉게 달아오르고 있는데 에펠이 혼자서 덩그러니 서 있었다. 언제나 무심코 지나치던, 멀리서만 바라보던 에펠이 아닌가. 왠지 다가서면 손에 닿을 것 같아 에펠을 향해 무작정 걷기 시작했다. 새벽 공기는 적당히 선선했고, 아직 차가운 하늘 아래서 따스한 빛이 새어 나왔다.

공원을 지나 죽 걸어가 앵발리드 쪽에 다다르니 에펠이 사라졌다. 데이비드 커퍼필드의 마술 쇼처럼 갑자기 눈앞에서 사라졌다. '역시 먼 곳이었구나.' 생각하고 돌아가려다 문득 나무 사이로 아주 조그맣게 에펠의 끄트머리가 보였다. 순간이었다. 머리에 더듬이를 바짝 세우고 방향을 어름어름 짚어 골목을 돌아가니 생각지도 않게 북적거리는 새벽시장이 서 있었다. 치즈 덩어리, 구수한 향이 나는 바게트와 채소와 생선들. 잠시 이것저것 군침 흘리며 구경하면서 〈노팅힐〉의 휴 그랜트처럼 시장을 방황하니 에펠이 다시 보이기 시작했다. 그렇게 철길을 지나 박물관을 지나 골목을 이리저리 돌다 보니 어느새 에펠이 다시 사라졌다. 더 이상 안 될 것 같아 호텔로 돌아가려고 발길을 돌리다 아쉬운 마음에 마지막 골목을 한 번 더 돌았다. 그런데 거기에 커다랗게 에펠이 서 있었다. 잘 정돈된 공원 바로 건너에 에펠이 걸리

버처럼 커다랗게 서 있었다. 막상 정면으로 마주하고 있으니 에펠은 정말로 거대했다.

그렇게 파리에 자주 갔으면서도 나는 에펠을 가까이서 본 적이 한 번도 없었다. 언제나 내겐 멀리 있는, 그런 존재였다. 그런데 가까이서 보니, 에펠은 참 많은 얼굴을 하고 있었다. 철조는 너무나도 아름다운 비율과 우아한 모양으로 얽혀 있었고 곳곳에는 여러 가지 단어들이 새겨져 있었다. 맨 밑 돌기둥에는 담쟁이 잎이 조각되어 있는데 마치 아르누보와 아르데코 시대의 미술품과도 같았다. 멀리서 본 에펠과 가까이서 본 에펠은 너무도 달랐다. 아름다웠다. 참으로 아름다웠다. 이른 아침에 에펠을 구경하러 온 관광객들과 서로 사진을 찍어주었다. 즐거웠다. 정겨웠다.

인생도, 인연도, 이런 것이 아닐까 싶다.

어디로 가야 할지, 누구를 만나 사랑을 해야 할지 지금 우리는 아무것도 알 수 없다. 하지만 아무리 오랜 시간이 걸려도, 아무리 멀어도 우린 언젠가 모두 만날 것이고, 경험하게 될 것이다. 하지만 멀리 보이는 에펠을 찾아 길을 나선 그날의 이른 새벽처럼 마음이 움직이는 대로 부지런히 움직여야 한다. 그래야 인연을 만들 수 있고, 우리 만남도 인생도 그 인연에 따라 서로 바라보며 갈 수 있다면 훨씬 덜 힘들고 지치지 않을 테니까.

파리에서 이른 새벽에…

사랑은 시간의 어릿광대가 아니기에

사랑은 시간의 어릿광대가 아니기에
사랑은 짧은 세월에 변하지 않고
운명이 다할 때까지 견디는 것

만일 이것이 틀렸다면, 그렇게 밝혀졌다면
나는 글을 쓰지 않고, 그 누구도 사랑하지 않았을 것을.
-셰익스피어, 〈소네트 116〉 중에서

자이푸르에서 코끼리를 타려고 기다리고 있는데 내 앞으로 나란히 늘어선 코끼리 중 한 마리가 꽤나 다리가 간지러웠나 보다. 그 두꺼운 다리에 코가 제대로 닿지도 않는데 허공을 향해 어찌나 긁어대던지. 옆에 있는 코끼리에게 좀 긁어주라고 말하고 싶었다. 서로가 서로의 마음을 어루만져주고 보듬어주며 사는 것이 바로 '사랑'이 아닐까 싶다. 무조건 주는 것도 무조건 받는 것도 아닌, 서로가 서로에게 의지가 되고 힘이 되어줄 때 우리는 그것을 사랑이라 부른다.

그럼에도 불구하고

사랑은 모든 사람에게 있어 절대적이다. 그리고 그 사랑이 시작되는 순간은 모두 다르다. 그 시작이 다르고 끝도 다를 수 있을지 모르나 언제나 사랑의 본질적인 성향은 똑같다. 간절하고, 애절하고, 애틋하고….

김훈은 《바다의 기별》이라는 책에서 사랑을 이렇게 정의했다. '모든, 닿을 수 없는 것들을 사랑이라고 부른다. 모든, 품을 수 없는 것들을 사랑이라고 부른다. 모든, 만져지지 않는 것들과 불러지지 않는 것들을 사랑이라고 부른다.' 생각해보면 그런 것 같다. 사랑이란 결국 밤하늘의 별을 볼 때처럼 그리운 마음과 동경하는 마음에서 비롯되니까.

내게 사랑이 무엇이냐고 묻는다면, 이제 나는 이렇게 대답할 수 있다. 사랑이란 '그럼에도 불구하고'라고. 거친 파도에도 휩쓸려 가지 않는 그 마음, 세찬 비바람 안에서도 꺼지지 않는 마음, 고비 사막 같은

런던에 갔을 때 아이에게서 시선을 떼지 못하는
한 어머니를 보았다. 자식을 향한 어머니의 한없는 관심과
사랑은 국경을 떠나 모두 같나 보다. 사랑은 이런 것이다.
한없이 뜨겁고 한결같으며 가슴이 뭉클해지는 것….

메마른 황무지 속에서도 시들기는커녕 새록새록 피어나는 그 마음 모두 '그럼에도 불구하고'에서 비롯된다.

사랑에는 여러 가지 종류가 있다. 남녀 간의 사랑, 가족 간의 사랑, 친구 간의 사랑부터 시작해서 동료 간의 사랑, 그리고 나 자신에 대한 사랑과 내 일, 열정, 꿈, 그 모든 것을 사랑이라고 부른다. 그런데 그 사랑에 있어서 우리가 가장 중요하게 생각해야 하는 것이 바로 '그럼에도 불구하고'인 것 같다. 언제나 실수투성이에 바보 같은 자신이지만 그럼에도 불구하고 사랑하고, 돈이나 명예가 없어도 그럼에도 불구하고 그를 사랑하고, 험하고 고된 일이어도 그럼에도 불구하고 내 일을 사랑하지 않으면 살아도 살아 있는 것 같지 않을 테니까. 우리는 사랑을 할 때 '그럼에도 불구하고' 사랑하지 않으면 세상의 편견과 관습, 혹은 어려운 상황이나 암흑 같은 시련 속에서 견디기도 힘들고 기다리기도 지칠 것이다. 그래서 '그럼에도 불구하고'가 필요한 것이다.

사랑 연습

어느 누구도 그것에 대해 물어보지 않았을 때는
나는 그것에 대해 알고 있다
하지만 누군가로부터
그것에 대한 질문을 받고
그것에 대해 설명을 하려 하면
나는 더 이상 그것이 무엇인지 알지 못한다
–아우구스티누스, 《고백록》 중에서

내게 있어서는 사랑이 그러하다.
사랑하는 사람이 없을 때에는
사랑을 잘 할 수 있을 것 같은데,
사랑하는 사람이 생기면

아무것도 생각할 수 없는 바보가 된다.

왜일까….

〈매일미사〉에 나오는 전원 바르톨로메오 신부님의 묵상 중에 이런 글이 있다.

사랑은 저절로 커지지 않습니다. 끊임없이 연습해야 클 수 있습니다. 도저히 이해할 수 없는 사람, 싫은 사람까지도 품어주고 먼저 손을 내미는 것이 사랑 연습입니다. 아스팔트 위의 위험에 빠진 풀벌레 한 마리라도 풀숲으로 고이 옮겨주는 것, 누구 발부리에 걸릴까 하여 돌멩이 하나 조용히 제 있을 자리에 옮겨두는 것, 이 모든 것이 사랑 연습입니다.

내가 천주교 신자가 아니라, '사랑'을 실천하고 믿고 따르는 사람이라면 무엇을 해야 할까? 그런 생각을 하며 나도 작은 것부터 연습을 하고 있는 셈이다. 정말 이해하기 힘든 사람을 이해하려 하고, 정말 미안하다는 말을 먼저 하기 싫은 사람에게 미안하다고 하고, 다시는 같이 일하고 싶지 않은 사람에게 먼저 손을 내밀며 일을 청하기도 한다. 물론 그런 것들은 의식적으로 억지로 해서는 안 된다. 싫어도 조금이라도 마음을 담아서 하게 되면 어느샌가 사랑에 대해 자신이 생긴다는 것을 열심히 연습을 하다 보니 깨닫게 되었다.

바보 사랑 1

위구르 족 말로 사랑이라는 말에는 '바보, 멍청이'라는 뜻도 들어 있다고 한다. 참으로 절묘하게 어울리는 말이 아닌가 싶다. 사랑과 바보라니…, 정말 훌륭한 조화다. 파트리크 쥐스킨트의 《사랑을 생각하다》에 보면 이런 구절이 나온다. "시간에 대한 성 아우구스티누스의 발언은 사랑에 관해서도 어느 정도 유효한 것 같다. 즉 우리가 사랑에 대해 생각을 덜할 때에는 그것이 확실해 보이는 반면 막상 사랑에 대해 고민을 하기 시작하면 그때부터 우리는 점점 더 커다란 혼란에 빠지게 되는 것이다." 이 책의 첫 장에 있는 아우구스티누스의 《고백록》을 보며 사랑하는 이의 마음과 너무 같다고 생각했는데 나중에 페이지를 넘겨보니 그도 비슷한 심정을 적어 놓았다. 쥐스킨트처럼 천재적인 사람도 아우구스티누스처럼 성인인 사람도 사랑에 있어서만큼은 바보인 것 같아 안심이 된다. 난, 나만 바보인 줄 알았다.

하느님의 사랑은 로키 산맥처럼 높고 크다. 바보 같이 말이다.

바보 사랑 2

머리에서 가슴으로 내려오는 데 70년이 걸렸습니다

명동 성당 마당 한 쪽에 돌아가신 김수환 추기경의 말씀이 적혀진 벽보를 보면 가슴 속에서 뜨거운 것이 치밀어 오르며 눈가가 촉촉해짐을 느낀다. 그분은 언제나 웃고 계셨다. 참으로 선량하고 예쁜 미소였다. 힘들고 지칠 때도 있었을 텐데 언제나 웃는 모습만을 남겼다. 그렇게 많은 이들에게 사랑을 베풀고 나누고 실천하셨던 분이 그 사랑을 머리에서 가슴으로 깨닫게 되기까지 70년이 걸렸다고 한다. 그러면서 자기 자신을 바보라고 했다.

나는 가끔 생각해 본다. 왜 스스로 바보라고 하셨을까?

김수환 추기경은 70년대 박정희 군사독재에 대해서 강도 높게 비판하셨던 분이다. 박종철 고문 치사 사건 당신에는 "이 정권은 하느님이

두렵지 않느냐?"고도 하셨다 한다. 국민을 기만하는 정치인들에게 호통과 쓴소리를 퍼부으시며 가난한 농민과 노동자들의 뺨을 어루만져 주신 참어른이었다. 그런데 추기경이 돌아가시고 명동 성당이 변했다고 하는 사람들도 있다.

표면적인 부분만을 보고 성급하게 판단하려드는 이들에게 모두 동의할 수 없지만 용산에서 희생 당한 가난한 사람을 위해, 그리고 4대

타지마할 궁전은 죽은 왕비를 그리워하는
왕의 애틋한 사랑이 담겨 있다. 김수환 추기경의
바보 사랑에서 나도 그런 애틋함을 느낀다.

강 사업을 저지하기 위해 기도하던 사제들을 명동 성당 측이 밀쳐냈다고 주장하는 몇몇 사제들을 보면서 이런 생각이 들기도 했다. 아마도 70세 전후에 자신이 죽으면 이런 일이 생길 수도 있을 거라고 추기경은 예감하셨지도 모르겠는다는. 그래서 예수님처럼 선량한 사람들과 정의로운 사제들 편에 서지 못하는 사람들마저도 품어 안을 수밖에 없는 자신의 바보 같은 사랑에 괴로워하지 않았을까 싶다. 그 모든 것들을 '사랑'이라는 틀 안에서 품고 녹여내고 무너지고 또 다시 투명해지기까지 70년의 세월이 걸렸던 것이 아닐까. 그리고 무엇보다도 세상에 수없이 많은 고통 받는 사람들과 억울한 사람들, 외롭고 병든 사람들, 소외받은 사람들과 이기심 속에 쓰러져 가는 많은 것들을 위해 더 해줄 수 없다는 사실에 자신을 '바보' 같다고 생각했던 것은 아닐까 싶다. 내가 어찌 알겠는가. 한 치 앞의 내 마음 조차도 바라볼 수 없는 더한 바보가 무엇을 말하겠는가. 그러나 분명한 것은 그분은 앞장서서 사랑하기를 주저하지 않고, 용기를 내어 자신을 먼저 손을 내밀고, 바보 같이 웃으며 자신을 배신할 운명의 사람들에게조차 사랑을 나누어 준 사람이었다는 거다. 그렇기에 나는 이렇게 김수환 추기경을 그리워하며 해바라기의 〈그대 내게 행복을 주는 사람〉 노래를 부른다.

그대 내게 행복을 주는 사람
내가 가는 길이 험하고 멀지라도
그대 내게 행복을 주는 사람

절대로 미룰 수 없는 단 한 가지

나는 전혀 위대한 사람이 아닙니다
그저 위대한 사랑을 실천하는 사람일 뿐입니다

마더 테레사의 말씀처럼 세상을 살아가는 동안에 우리는 아무리 힘들고, 고통스러워도 멈추지 말고 눈꽃처럼 작은 사랑 하나라도 계속해서 실천해야만 한다. 그 작고 작은 사랑들이 모이게 되면 지구를 구하고도 남을 위대하고 아름다운 사랑이 되기 때문이다. 그저 추상적인 말이 아니다. 관념적인 말도, 멋있게 보이려고 하는 말도 아니다. 우리는 커다란 산에 걸려 넘어지지 않는다. 작은 돌멩이에 걸려 넘어진다. 작은 사랑은 그렇게 커다란 장벽을, 위화감을, 편견과 선입견을 넘어지게 한다. 그러니 더 이상 미루지 말자.

흔히들 말한다. "내가 시간이나 여유가 생기면…." 그러나 사랑은 시

루르드에 가보면 알 것이다. 그곳에선 모든 미움과 원망이 치유된다.
그래서 전 세계 많은 사람들이 몸과 마음을 치유하기 위하여
이 작은 기적의 마을에 몰려드나보다.

간이나 여유가 생길 때 하는 게 아니다. 그럼 너무 늦는 경우가 종종 있다. 나는 내 아버지를 사랑하는 것을 잠시 미루기로 했었다. 오랜 세월 어쩔 수 없는 상황에서 점차 쌓여갔던 아버지에 대한 미움 때문에 아버지에 대한 사랑을 미루었다. 아버지가 언제나 그 자리에 계실 줄 알았기 때문이다. 이 세상에서 사라지리라곤 전혀 상상도 못했다. 그래서 언제나 미워할 수 있고, 언제나 화를 낼 수 있는 자리에 있기 때문에 사랑도 언제라도 할 수 있을 거라고 생각했다.

하지만 아버지는 갑작스럽게 암 선고를 받고, 모든 사람들의 기대와는 달리 너무 빨리, 너무 쉽게, 너무 허무하게 이 세상을 떠나버렸다. 혼수 상태에 빠지기 직전 내게 "미안하다."라는 말 한 마디만을 남긴 채, 내게 제대로 사랑할 수 있는 기회도 주지 않은 채 말이다. 난 아버지와 같이 이야기할 시간을 일부러 뒤로 미루었고, 같이 맛있는 밥을 먹으며 웃을 수 있는 시간을 다음으로 미루었고, 같이 여행하며 오래 묵은 하찮은 원망을 훌훌 털어버릴 시간을 더 한참 뒤로 미루었고, 아버지에게 감사하다는 말을, 사랑한다는 말을 아주 오랫동안 미루었다. 그렇게 뒤로 미뤄버린 시간을 후회하고 또 후회하며 아버지의 병실을 지키는 동안 난 내 심장을 시멘트 바닥에 비벼대어 걸레 조각으로 만들어버리고 싶었다. 그러나 그렇게 아파하고, 후회해도 아버지와 사랑을 나눌 수 있는 시간은 다시는 생기지 않았다.

사랑은 시간이 없어도, 여유가 없어도 그것을 쪼개서 나누는 마음에서 비롯된다. 사랑을 시작하기 위해서는 많은 것을 내려놓고 희생해야 할 것 같지만, 막상 하다 보면 우리가 포기하지 못하고, 내려놓지 못했던 것들이 정말 별것 아니었다는 사실을 깨닫게 된다.

해바라기 가족

아침 나절 우연히 다큐멘터리에서 어느 장애자 부부 이야기를 보고 난 한없이 부끄러웠다. 그리고 올망졸망 따뜻하고 귀여운 사랑방울이 내 가슴에 방울방울 맺혔다. 아내는 휠체어 없이는 움직이기도 힘든 1급 장애자이지만 남편과 자식을 위해 온몸을 뒤척이며 살림을 한다. 제대로 칼질도 못하고, 제대로 설거지도 못하고, 제대로 아기 기저귀도 갈지 못한다. 그래도 남편을 위해, 아이를 위해 힘겹게 몸을 움직인다. 정상적인 신체를 가진 남편은 아내와 자식을 위해 새벽부터 밤늦게까지 일을 하고, 또 일을 하는 사이사이 아내와 아이들을 돌보러 집에 들어온다. 남편은 아내가 고맙고 예쁘고 사랑스럽고, 그런 아내는 남편이 자랑스럽고 든든하고 미안하기 그지없다 말한다. 남편은 조용히 웃으며 말했다. 아내는 해바라기라고.

남편은 그런 아내가 힘들 것이다. 아내도 그런 남편을 바라보기만

하는 것이 힘들 것이다. 그들은 서로가 서로를 끝없이 인내해야 하고, 끝없이 견뎌야 하고, 끝없이 극복해야 하고, 끝없이 채워주어야 하기 때문에 우리가 상상하는 것 이상으로 힘들고 또 힘들 것이다. 세상은 그들을 쉽게 받아들이지도 않고, 쉽게 도와주지도 않고, 쉽게 이해하려 들지도 않을 것이다. 그리고 그들은 끊임없이 새로운 시련을 맞아야 할 것이고, 끊임없이 새로운 어려움을 견뎌야 할 것이다. 아이들은 자랄 것이고, 그렇게 해바라기 같은 어머니를 원망도 할 것이고, 연민도 할 것이다. 결혼 전부터 예측하고 두려워했을 일보다 더 많은 일들이 살아가면서 일어날 것이다. 하지만 TV 속에서 본 아내는 해바라기처럼 남편을 바라보며 용기를 내고 사랑을 다짐하고, 남편은 해바라기처럼 아내를 보살펴주며 사랑의 마음을 저버리지 않는다.

그들 가족에게 어떠한 시련이 와도 그것을 견디며 이겨낼 수 있는 축복과 은총이 내려지길 간절히 기도하고, 또 기도한다. 어떤 사람들에게 그들은 그저 동정의 대상일지 몰라도 내게는 해바라기 같은 찬란한 존재다. 나와 같이 그들을 해바라기처럼 바라보며 용기를 얻는 사람도 있을 것이다. 그들 가족의 '해바라기 사랑'은 어떠한 사랑의 말보다도 내게는 더 위대하기 때문이다.

예산에서 촬영한 길가에 핀 작은 꽃들.
이 작고 작은 꽃들이 모여 아름다운 꽃밭을
만들어 벌들이 수없이 모여들었다.

계면활성제界面活性劑

계면이란 기체와 액체, 액체와 액체, 액체와 고체가 서로 맞닿은 경계면이다. '계면활성제'란 이런 계면의 경계를 완화시키는 역할을 한다. 이 때문에 계면이 가지고 있던 표면장력은 약해진다. 흔히 비누나 샴푸 성분에 함유된 이 계면활성제가 사람 관계에 있어서도 필요할 때가 있지 않을까 싶다. 남자와 여자, 며느리와 시어머니, 부모와 자식, 구세대와 신세대, 잘사는 이와 못사는 이, 사장과 직원, 선생님과 학부모, 정부와 시민, 여당과 야당, 전라도와 경상도, 이스라엘과 파키스탄, 한국과 일본, 북한과 남한, 그리고 개신교와 천주교 등 다양한 민족과 종교, 성별, 직업, 연령, 성격, 지역, 관습, 사상, 규율, 정치, 편견과 선입견으로 서로가 서로를 믿지 못하고, 의지하지 못하고, 사랑하지 못할 때 계면활성제를 첨가하면 그 관계가 부드럽게 되지 않을까. 믿거나 말거나 말이다.

파트모스 섬에서 만난 아코디언을 연주하던 아이도,
아그라로 이동하던 길에 만난 부부도
장벽을 허물면 금새 정이 쌓인다.

미안하다 사랑한다

신부님이 강론 중에 말씀하셨다. "부부 생활에 있어 가장 중요한 말이 무엇인지 아십니까?" 여기저기서 '사랑한다', '고맙다'라는 말을 하며 웅성거렸다. 결혼도 안 한 신부님께서 얼마나 아실까 싶었지만 신부님 입에서 나온 말은 1백 퍼센트, 아니 그 이상 수긍이 가는 말이었다. "모두 필요한 말이겠지만 서로에게 가장 필요한 말은 바로 '미안하다'는 말이라고 하네요. 이 말만 잊지 않고 먼저 하게 되면 평생 행복하게 살 수 있답니다." 나는 이 말에 감탄사까지 내며 아주 많이 수긍할 수밖에 없었다.

나의 어머니는 매우 착하고 부지런하며 심지어 대장금 같은 요리 솜씨와 잡초같이 질긴 생명력으로 많은 시련 속에서도 우리 세 자매를 꿋꿋하게 키워내셨다. 그런데 어머니에게 한 가지 부족한 점이 있었는데 바로 '미안하다'는 말을 잘 못하는 거였다. 어머니 성격이 소녀처럼 여리고 귀여운데도 불구하고 묘하게도 자존심 때문인지 이상한 변명부터 하려는 경향이 있다. "그러게, 나도 왜 그랬는지 모르겠어." 라며 이제야 겸연쩍은 듯 말하지만 이전까지 그 오래된 고질병은 자주 우리 집 불화의 원인이 되기도 했다. 그리고 생각해보니 나 역시 살면서 '고맙다'는 말보다 훨씬 어렵고 용기를 내야만 했던 말이 바로 '미안하다'였던 것 같다. 이 말은 일단 자신의 잘못을 인정하고 싶지 않은 교만함과 억울함, 그리고 무엇보다도 이 말을 하게 되면 자신이 질 것 같은 하찮은 자존심을 모두 버려야만 할 수 있는 말이다. 아니, 그 이전에 앞서 모든 것을 여유롭게 받아들이고 이해하는 관대함에서 오는 말이기 때문에 그토록 어려웠다.

물론 정반대로 더 생각할 것도 없이 부당하거나 이치에 맞지 않는 일이라면 자신의 의지와 믿음으로 끝까지 투쟁해야 할 때도 있다. 흔히들 예수님은 무조건적으로 온화하고 자비로운 분이라고 생각하지만 굉장히 격정적으로 타협하지 않는 분이기도 했다. 이교도 여인이 예수님에게 기적을 청하자 식탁에 있던 빵조각을 바닥에 던지며 여인을 시험하기도 했고, 성전에서 장사하는 이들의 탁자를 뒤엎어버리기도 했다. 성경에서 이런 대목을 읽으며 난 은근히 나의 불같은 성격을 위로받기도 했지만 어쨌거나 더 살아보니 그렇다. '미안하다'는 말을 많이 하게 되면서 더 살기 편해졌다. 처음에는 내가 뭣 때문에 사과하나 싶었지만 웃는 얼굴에 침 못 뱉는다고 미안하다는 말을 먼저 하고 나면 사람들은 바로 메아리처럼 자신도 미안하다고 사과하고, 오해가 생긴 지점에 대해서 차근차근 설명하기도 한다.

예산에 맛있는 국숫집이 있어 찾아가는 도중 좁은 골목길에서 접촉 사고가 날 뻔했다. 상대는 다름 아닌 장애자용 이동 기구를 끌던, 거동이 불편한 할머니였는데 서로 반대편에서 속력을 내고 오다 급정거를 했다. 다행히 모두 무사했지만 어느 누가 잘한 것도 잘못한 것도 없는 상황이었다. 그런데 그 할머니 대뜸 "미안해유~. 정말 미안해유~. 워메 미안해유~."를 삼연타로 날리시는데 어찌나 죄송하고 사랑스럽고 귀엽던지 내려서 껴안아드리고 싶었다. 그리고 얼마 지나지 않아 청담동 좁은 골목에서 비슷한 일이 다시 일어났다. 이번 상대는 분식을 배달하는 오토바이 아저씨였다. 그런데 이번에는 자기 잘못이 확실한데도 불구하고 그 아저씨는 욕부터 시작했다. 어이가 없어 한마디 하려 하자 더 크게 소리 지른다. 그러나 아저씨가 더 소리를 지르는 것은 자신이 가만히 있으면 크게 당할 것 같다는 불안감에서라는 걸 깨달았고 어이가 없었지만 그냥 돌아서 왔다. 사투리를 사용하는 걸로 보아 서울 사람은 아닌 것 같은데 서울서 살다 보니 그렇게 변한 듯싶다. 조금이라도 목청을 높여야 뺏기지 않고, 성질을 먼저 부려야 당하지 않고 살 수 있는 곳에 살면서 저렇게 변했을 것이라고 생각하니, 서울에서 태어나 서울서 자란 내가 그 아저씨에게 왠지 모르게 더 미안해졌다.

항심恒心

모든 사람들의 소망이 담겨 있겠지
내가 간절히 기도하듯 그들도 그렇게 간절히 기도하겠지

최고의 카피라이터이자 내가 존경하는 제일기획 최인아 부사장이 예전에 촬영장에서 이런 말을 했다. "인간이 항온恒溫 동물인 것처럼 마음도 언제나 일정한 상태를 유지할 수 있는 '항심恒心'이 생기면 좋겠지."라고. 아마도 항심을 가지고 이 세상을 산 사람은 예수 그리스도밖에 없을 것이다. 세리나 창녀에게도 사랑을 주었고, 어느 누구에게나 똑같이 화를 냈고, 사마리아 여인과 병자를 위해 율법도 지키지 않았다. 그러나 우리는 그 사람의 높고 낮음, 부와 명예, 과거와 현재, 분노와 미움, 선입견과 편견에 따라 마음씀을 달리한다. 더군다나 사랑하는 사람에게조차 상황에 따라 마음이 달라진다. 사람의 마음이 항

상 똑같을 수 없기에 그 마음에 상처 받고 눈물 흘리고 다투고 미워하지만, 그럼에도 불구하고 항상 똑같은 마음을 갖기 위하여 끝없이 기도하고 노력한다면 어떨까? 애초에 사람의 마음엔 '항심'이 있을 수 없다. 힘들면 외면하고 싶고, 괴로우면 도망치고 싶고, 미우면 돌아서고 싶다. 그래도 돌아서지 않고, 그래도 외면하지 않고, 밉고 원망스러운 사람들 모두를 위해 기도해준다면 우리들 마음엔 '사랑'이라는 항심이 생길 것이다.

두오모 성당이건 골고타 언덕의 성당이건 루르드의 성당이건 거제도나 명동 성당이건 모든 곳에는 간절한 마음으로 성당에 오는 사람들이 촛불을 켜놓는다. 눈물을 흘리며, 깊은 한숨과 애끓는 마음으로 사랑하는 사람을 위하여, 그리고 자신을 위하여 촛불을 켠다.

로키 산에서 내려와 시애틀로 가는 도중
눈물이 나도록 기막히게 아름다운 하늘을 보여주셨다.
그분은…. 그분의 따뜻한 사랑에 감사드린다.

SWITZERLAND

ir wünschen eine
meinsame Zukunft für
s Korea in Freiheit
d Friede, wie wir das
unserer Heimat Schweiz
en. Danke für alle
ndschaft, die wir in
n wunderbaren Land
en.

THAILAND

-ไทย-

Deutschland

Freiheit für ein
geeintes Korea und
für Tibet.
Frieden für den nahen
Osten.
Gerechtigkeit in Afrika

19.02.2011
Alex aus Bünde

4

순례자의 길: 다 지나간다, 슬픔도 시련도 다 지나간다

기도할 때 얻어지는 것

신은 우리에게 성공을 요구하지 않습니다
신은 다만 우리가 노력하기를 바라고 있습니다

마더 데레사의 말씀처럼 신은 우리가 기도하는 것들에 대한 결과가 아닌 과정을 원한다는 사실을 이제야 간신히 알게 되었다. 나는 다른 것은 잘 참는 데 비해 사랑만큼은 유독 오래 참지 못하고 바로 포기해버리는 성격이다. 때문에 상대방에게 마음조차 제대로 표현도 못한 채 사랑을 끝내야 했던 나는 항상 이런 기도를 했다. '어떠한 상황에도 제 사랑을 포기하지 않을 수 있는 인내심을 주세요.'라고.

그러던 어느 날 잠이 안 와 새벽에 TV를 켠 나는 평소라면 그냥 지나쳤을 할리우드 코미디 영화 한 편을 보고 무릎을 꿇고 울었던 기억이 있다. 그 영화 속 주인공은 성공가도를 달리고 있는 뉴스 앵커였지만 신의 계시로 노아의 방주를 만들기 시작한다. 그는 자신에게 일어나는 신비한 일들로 인해 괴로움을 겪으면서도 끝내 거부하지 못하고 사람들의 비아냥거림 속에서도 노아의 방주를 만든다. 그리고 이런 남편의 기이한 행동을 곁에서 지켜보던 아내는 모든 것에 지쳐 어느 날 홀로 술집에서 술을 마시게 되었다. 그때 종업원으로 변신한 하느님이 그녀 곁을 청소하며 맴돌다 넌지시 걱정거리가 있냐고 물었다. 노아의 방주로 세간의 화제가 되어버린 남편의 이야기를 꺼내며 아내는 이렇게 이야기한다. 그저 가족과 같이 있어주길 기도했는데 왜 이런 일이 생겼는지 모르겠다고. 자신이 남편을 위해 어디까지 참아야 할지 모르겠다며 울먹였다. 그러자 청소부로 분장한 하느님이 그녀를 위로하며 말했다. "부인, 사람들이 하느님에게 인내심을 달라고 기도하면 과연 인내심을 주실까요?" 여자가 의아해하며 바라보자 청소부로 변장한 하느님이 미소를 지으며 말했다.

"인내심이 아니라 인내할 수 있는 기회를 주실 것입니다." 이 말을 듣는 순간 내 온몸은 도미노가 무너지듯 그렇게 무너져버렸다. 영화에서 청소부로 변한 하느님은 사람들이 용기를 달라고, 혹은 사랑하는 가족을 달라고 기도하면 '용기 낼 수 있는 기회'를, '가족을 사랑할 수 있는 기회'를 준다는 말도 이어 했다.

난 인내심을, 사랑을, 용기를, 지혜를, 겸손을 달라 기도하면서 그런 것을 주시지 않는 신을 원망한 적도 많았다. 그러나 생각해보니 언제나 하느님은 내 기도에 꼭 맞는 답을 주셨다는 사실을 뒤늦게 깨달았

다. 어린 시절부터 기도의 첫 번째 항목에 있던 '지혜'를 달라 기도하곤 했는데 살아온 내 생을 돌아보니 지혜를 얻을 수 있는 수많은 난관을 주셨다. 내게 필요한 경제적 조건을 달라 기도했더니 성실하게 일할 수 있는 기회를 끝없이 주셨다. 수없이 사랑을 달라 기도했는데도 사랑을 얻지 못했다며 서글퍼했지만 생각해보니 완고한 내가 용기 내어 사랑할 수 있는 엄청난 기회를 주셨다. 그렇게 내가 원한 기도에 대한 '기회'를 수없이 주셨건만 난 언제나 철부지 어린아이처럼 내 기도를 들어주지 않는다고 원망만 했다. '겸손한 마음'을 달라 기도했더니 아무 메시지도 없을 거라 우습게 생각했던 코믹 할리우드 영화에서 평생 마음에 각인해야 할 중대한 사실을 깨닫게 해주셨다. 함부로 선입견을 가지고 판단하게 만드는 교만함을 주의하라는 보너스 선물과 함께 말이다.

성 이삭 성당에 가면 한쪽에 촛불을
켜는 곳이 있는데 그곳에서 나는
한 시간이나 앉아 기도하게 되었다.
내가 생각나는 모든 사람들을 위한 기도를.

마음의 여백을 찾아갑니다

'그 사람 나만 볼 수 있어요. 내 눈에만 보여요.'라는 이은미의 노래를 들으며 마치 나와 하느님의 관계 같다고 생각했다. 내가 그저 종교인이 아닌 정말 '사랑'을 알게 된 그리스도인으로 살아가는 데 있어 세상 사람들의 편견과 잣대는 생각보다 꽤 심했다. 조금씩 변해가는 나의 행동을 보며 좋다고 말하는 사람이 있는가 하면, 마치 종말을 예고하는 광신자처럼 나를 걱정스러운 시선으로 바라보며 우려하는 사람도 있었기 때문이다. 나에 대해 어떻게 평가를 하건 간에 분명한 것은 내가 예전에 비해 좀 더 편안한 인간이 되었다는 사실이다. 무엇보다 극단적인 방식으로 화를 내거나 관계를 끊지 않게 되었고, 어떻게 해서건 좋은 방식으로 풀어나갈 수 있게 되었고, 웬만한 일에도 걱정하지 않게 되었다는 거다. 물론 나의 기본 성향은 그대로 남아 있어 때때로 울컥할 때도 있지만 나는 확실하게 변했고 지금도 변하고 있다. 그에 대한 평가가 어떻든, 내가 또 어떤 시련과 난관에 부딪히게 되든 간에 중요한 건 내가 새롭게 태어났고 지금까지와는 다른 삶을 살고 있다는 거다. 마음에 여백을 만들며 살아가는 세상, 그것은 참 살아갈 만한 세상이었다.

윤종신의 노래 〈환생〉을 간만에 들으며 피식 웃은 적이 있다. 그 노래 가사야 물론 사랑을 시작한 남자의 마음을 이야기한 것이지만 그 내용이 내게는 하느님을 사랑하게 된 과정과 어찌나 똑같던지. 정말 윤종신이 내 마음에 들어왔다 나간 줄 알았다.

다시 태어난 것 같아요
내 모든 게 다 달라졌어요
그대 만난 후로 난 새 사람이 됐어요
우리 어머니가 제일 놀라요
(생략)
오! 놀라워라 그대 향한 내 마음
오 새로워라 처음 보는 내 모습
매일 이렇다면 모진 이 세상도
참 살아갈 만할 거예요

윤종신의 노래처럼 내 변화에 제일 놀랐던 사람은 바로 나의 어머니였다.

모로코에서 사막을 건너며

큰 바위 얼굴

학교 공부 참 하기 싫어했지만 지금까지도 유난히 좋아하는 글이 있다. 바로 나다니엘 호손Nathaniel Hawthorne의 《큰 바위 얼굴》이다. 평범한 주인공이 큰 바위 얼굴을 닮은 위대한 사람이 누굴까 궁금해하며 자신의 자리에서 열심히 살다 보니 어느샌가 큰 바위 얼굴과 같은 얼굴이 되었다는 이야기. 모든 성인도 처음부터 성인은 아니었다. 그들은 모두 지극히, 너무나도 지극히 평범한 사람들이었다. 마치 《큰 바위 얼굴》의 주인공처럼 말이다. 처음부터 훌륭하고 거룩한 모습을 가진 사람은 아무도 없다. 책 속의 주인공처럼 모두 그렇게 평범한 사람들이 그저 성인을 동경하는 마음과 함께 열심히 살다 보니, 어쩌다 보니, 그렇게 성인이 되어 있었다.

내가 성경 속 인물들을 차츰 알아가면서 그들도 모두 지극히 평범한 인간이었다는 사실을 깨닫게 된 것은 하느님으로 인해 혼란 속에 빠져 괴롭던 때였다. 머리로는 사랑을 이해하겠는데 도무지 마음과 몸이 따라주질 않아 이럴 바에야 그만두는 것이 좋겠다고 몇 번이고 생각했다. 더군다나 계속해서 잘못을 저지르는데 반성하고 회개한다고 모든 죄가 없어지는 것도 아닌데 그럴 바엔 아예 아무것도 하지 않는 것이 어떨까도 생각했다. 그런데 성경 속 인물들로 인해 용기를 내고 인내할 수 있게 되었다. 난 성경 속에 등장하는 예수님의 제자들은, 순교한 모든 성인들은, 환시幻視를 보는 모든 예언자들은 하나같이 죽음 앞에서도 의연하고, 고통과 두려움 없이 시련을 견뎌내며 평온하고 아름다운 모습으로 살았을 거라 생각했다. 그런데 아니었다. 엄청난 선교 활동을 하며 그리스도의 사랑을 전파했던 사도 바오로는 본래는 탐욕스럽고 사악한 모습으로 그리스도인들을 잡아 죽였고, 대 예언자 예레미야는 왜 자신을 세상에 태어나게 했냐고 온몸으로 울부짖으며 괴로워했다(아, 불행한 이 몸! 어머니, 어쩌자고 날 낳으셨나요? 온 세상을 상대로 시비와 말다툼을 벌이고 있는 이 사람을, 빚을 놓은 적도 없고 빚을 얻은 적도 없는데 모두 나를 저주합니다. 예레 15,10). 타락해가는 도시, 니네베에 가서 하느님의 말을 전하라 명령 받은 요나는 자신의 말을 아무도 믿어주지 않을 거라며 배를 타고 도망쳤고, 성경 속에서 가장 고통스럽게 주님의 사랑을 증명해야 했던 욥 또한 자신의 처지를 한탄하며 친구들의 냉정한 위로를 눈물로 거부하기도 했다.

베드로는 또 어떠한가. 예수님의 제자이자 성경을 통틀어 가장 유명한 인물 중에 하나인 베드로를 보고 있으면 마치 내 모습 같다. 예수님을 사랑한다고 난리 쳐놓고선 부활하신 예수님을 보고 겁내다 호수에 빠져 허우적거리고, 자신은 절대 배신하지 않겠다고 호들갑을 떨어놓고선 가장 먼저 예수님을 부인했던 사람이 바로 베드로였다. 나처럼 성격이 불같고 욱하는 성격에 '예수님, 예수님' 하며 언제나 앞장서 요란하게 행동하고 조금만 힘들면 고통에 눈물 흘리고, 예수님의 제자로 교만하게 굴기도 한다. 그렇게 뒤집어지고 나자빠지는 일화를 성경에서 읽으며 얼마나 가슴 깊이 친밀감이 생기던지. 갈릴리 호수에 갔을 때 난 누구보다도 베드로를 생각했고, 만약 물고기를 잡고 있는 그를 만날 수 있다면 오랜 친구를 만난 것처럼 얼싸안고 기뻐할 거라는 상상까지 했다. 무엇보다도 성경 속 인물들과 함께 베드로가 내게 '용기'를 줬기 때문이다. 아무리 모자라고 교만한 사람도 고통과 시련 속에서 자신의 실수와 잘못을 뉘우치며 결국 사랑을 전할 수 있다는 용기 말이다.

잘못과 실수, 나쁜 습성을 두둔하려는 것은 아니다. 그러나 때때로 잘못과 실수, 그리고 어리석은 투정을 용서해야 할 때도 있어야 한다. 자신의 잘못을 외면해서도, 실수를 덮어서도 안 되지만 그것을 마음에 품게 되면 더욱 괴롭고 계속해서 도망치며 살아가는 수밖에 없다. 나를 용서해야 다른 이도 용서할 수 있는 용기를 얻게 된다. 유다 이스카리옷과 베드로는 모두 예수님을 배신했다. 그러나 유다와 베드로가 배신 후에 보여준 상반된 행동으로 인해 그들의 인생이 얼마나 크게 변했는가. 유다는 자신의 잘못을 용서하지 못하고 괴로워하다 끝

베드로 성당 안은 간절한 기도로
빛을 발하고 있었다.

내 목숨을 끊어버렸다. 한편 베드로는 비겁한 자신의 잘못을 뼈저리게 뉘우치고 창피해하면서도 끝내 울면서 다시 일어나 인류를 위해 사랑을 전파하며 평생을 살았다.

《사랑한다면 투쟁하라》에서 안셀름 그륀 신부는 베드로가 예수에게 자신의 진실을 밝힘으로써, 자신을 무가치하게 만드는 것을 멈추었다고 했다. "그는 자신이 죄가 있다고 비난하지도 않고, 변명하지도 않는다. 그는 비굴하게 굴지도, 혹은 예전에 그가 때로 그랬던 것처럼 자신을 대단한 사람인 양 내세우지도 않는다. 이제 그는 비겁하지만 사랑으로 가득 찬, 두려워하지만 신뢰로 가득 찬 있는 그대로이다."라고 표현했다.

지금 내가 신앙이 깊어졌다고 해서 어려운 일이 없지 않고, 예전의 나쁜 습성이 모두 다 사라진 것도 아니다. 사람과 사람이 부대끼며 살다 보면 어쩔 수 없이 다시 실수를 저지르고 잘못을 하게 되지만 우리는 그때마다 서로를 용서하고 안으며 다시 거친 세상 속으로 나가야만 한다. 그것이 내가 성경 속에서 겨우 겨우, 아주 힘들게 깨달으며 찾아낸 진실이다.

착각과 진실 사이

테라야마 슈지는 말했다. 사실보다 거짓이 인간적인 진실이라고. 왜냐하면 사실은 인간이 없어도 존재하지만, 거짓은 인간이 없으면 결코 존재할 수 없기 때문이라고. 가끔 내가 그렇게도 진실이라고 믿었던 사실 때문에 쓸데없이 괴로워했던 시간이 있어서 안다. 시간이 흘러 그것이 진실이 아니라는 것을 알게 되었을 때는 내가 도대체 왜 그 시간을 그렇게 허송세월하며 보냈나 싶기도 하다. 때로는 나의 착각이라고 생각했던 일 때문에 뒤늦게 상대방을 원망하거나 분노에 싸여 지낸 적도 있다. 하지만 그 또한 세월이 지나고 보면 별일도 아니었고, 주변의 이간질이나 어리석은 이기심 때문에 생긴 일이었는데 왜 그렇게 서로에게 상처 주며 살았나 싶다.

살아가면서 얼마나 많은 착각을 진실이라고 생각하고 있을까.

살아가면서 또 얼마나 많은 진실을 착각이라고 생각하고 있을까.

아니면 그 순간의 마음을 믿어야 하나.

그것이 진실이라고 믿는 그 순간에는 참으로 행복한데…

그것이 착각이라고 생각되는 순간에는…

마음이 참 아프다.

경주 선덕여왕릉 뒤쪽에 가면 마을이 있는데 이곳에는
엄청나게 많은 전선이 하늘을 가리고 있다. 마치 내 마음처럼.

슬픔에도 여러 가지 종류가 있다

아주 오래전 일이다. 아버지께서 돌아가신 후 정리할 것은 생각보다 많지는 않았다. 아버지의 옷가지와 살아온 약간의 흔적들. 나는 마음을 추스르기도 전에 아버지의 흔적을 그렇게 빨리 정리하고 일상으로 돌아왔다. 그동안 신세졌던 사람들에게도 미안했고, 무엇인가 빨리 일을 시작해서 도와준 분들에게 감사라도 하고 싶었나 보다. 그래서 당시 〈하퍼스 바자〉 국장이자 나의 스승인 정현선 편집장으로부터 컬렉션 취재 임무를 맡아 뉴욕으로 황급히 떠났다. 평생 내 곁에 있을 것 같던 아버지가 떠났어도 세상은 달라진 것이 하나도 없었고, 난 그 변하지 않는 세상을 보며 빠르게 제자리로 돌아올 수 있다고 생각했다. 브루클린 다리에서 화보를 촬영하면서 사람들과 웃기도 하고, 백화점을 다니며 쇼핑도 하고, 컬렉션장에 들어가기 위해 줄을 서며 분주하게 지냈다. 그런데 계속 가슴이 먹먹했다. 몇 달 만에 일을 시작하는 거라 특별히 피곤하지도 않았다. 쇼에 참석해 달라는 티켓도 많이 받았고 별반 스트레스 받을 일도 없었다. 그렇게 일주일이 지났을 때 일이다. 느닷없이 안나 수이 쇼장에서 나의 눈물이 한 보따리 풀어져버렸다. 왜 갑자기 울기 시작했는지 모르겠다. 화려한 옷을 입고 런웨이를 오가는 모델들을 보면서 눈물이 슬금슬금 흐르기 시작하더니 나중엔 주체를 할 수 없을 정도가 되었다. 당황하여 황급히 쇼장을 빠져나와 호텔로 걸어가는 동안도 나는 길 잃은 어린아이처럼 그렇게 엉엉, 큰 소리로 엉엉 울었고 마침내 주저앉아버리기까지 했다. 다시 아버지를 볼 수 없다는 사실 때문이었는지, 잘 해드리지 못한 후회 때문인지 나를 두고 가버린 아버지에 대한 원망 때문이었는지는 잘 모르겠다. 사람들이 쳐다봐도 아랑곳하지 않고 나는 길바닥에 앉아서 한없이 울고 말았다.

수천 가지 파란색이 있듯이 슬픔에도 여러 가지가 있다. 슬픔의 시작과 과정, 그리고 표현 방법은 개인마다 모두 섬세하게 다르고 미묘하게 틀리다. 지독하게 뒤틀려 있기도 하고, 혹은 날개처럼 가벼운 것도 있다. 때로는 냄새가 날 정도로 어그러진 슬픔도 있고, 혹은 이슬비처럼 촉촉하고 싱그러운 슬픔도 있고, 어떨 때는 깊은 바다처럼 슬프고 또 슬퍼서 헤어 나오기 힘든 슬픔도 있다. 그렇게 우리는 여러 가지 슬픔을 겪고 경험하며 때로는 그 곁을 묵묵히 지켜줘야 할 때도 있다. 그때마다 그 슬픔의 종류를 알아야만 제대로 위로할 수 있고 용기도 주며, 또한 자기 자신도 추스를 수 있다. 그렇지 않으면 슬픔에 빠져 망가질 때도 생긴다. 그것을 '자기 연민'이라고 하는데 타인을 향한 연민은 인류를 구할 수도 있지만 자기 연민은 마약보다 무섭고 독약보다 치명적이다. 그렇기 때문에 우리는 자신의 슬픔을 제대로 파악해야만 한다. 그래야만 조금 더 매정하게 자신을 나무랄지, 아니면 조금 더 여유를 가지고 기다려야 할지, 아니면 누군가를 찾아가 기대어 울지 정리할 수 있다. 그렇지 않고 계속 슬픔에 매달리게 되면 심술궂은 마음 하나가 삐죽이 올라와 용기나 희망의 싹을 아예 싹둑 잘라버린다.

심장이 너무 아파서 숨을 쉴 수도, 움직일 수도, 생각할 수도 없는
억장이 메는 슬픔…
원통하고 억울하여 주먹으로 가슴을 쳐도 멍울이 가시지 않아
소리 지르며 우는 슬픔…
시간을 되돌리고 싶어도 그럴 수 없다는 사실에 심장을 벽에다
긁는 것처럼 아픈 슬픔…
슬프지 않은 척 계속 웃으려 하는데 가슴이 너무 아파서
웃으면서도 눈물이 나는 슬픔…
슬픔인 것도 모르고 가슴만 메어오다 시간이 흐른 뒤에
하염없이 눈물이 나는 슬픔…
꽤 잘 견디고 있다고 생각했는데 시간이 지날수록 가슴이
오그라드는 슬픔…
그저 흔적도 없이, 먼지가 되어, 흙이 되어 사라지고 싶은

힘겨운 슬픔…

문득… 살다가… 왈칵 목구멍이 메며 떠오르는 슬픔…

한번 실컷 울어버리면 훌훌 털어질 것 같은 슬픔…

그리고 슬프지만, 너무나도 슬프지만 흘러가는 시간 속에 모든 눈물과 감정과 기억을 가슴 한 모퉁이에 새겨둔 채 담담히 안고 살아가는, 그런 슬픔도 있다.

슬픔이란 것을, 슬픔이란 놈을, 이것저것 아주 호되게 겪고 나야만 한다. 그러다 보면 호들갑스럽게 슬퍼하지도, 서둘러서 기뻐하지도 않고 작지만 확실한 일상의 행복을 소중하게 생각하며 살아갈 수 있는 때가 온다. 슬픔도 어차피 시간이 흐르면 또 지나가게 마련이니까.

시간時間

나의 시간을 되돌릴 수 있다면
난 어디로 돌아갈까
그대를 처음 만난 날
아님 모두 날 축하하던 날
꿈의 시작은 너무나도 멋졌어
그 모든 걸 이루었다면 난 정말 행복했을까
아님 또 다른 고민의 밤을 지샐까

모두 내겐 소중했던 시절들
단 한순간을 택하기엔 추억이 많아
가슴 한 켠 숨어 있는 후회도
내가 흘러갈 세월이 가려주겠지

나의 시간을 되돌릴 수 있다면 난 어디로 돌아갈까
그대와 크게 다툰 날
아님 모두가 나를 위로해주던 날
모두 네겐 힘들었던 시절들
단 한순간을 택하기엔 추억이 됐지
가슴 한 켠 숨어 있는 후회도
내가 흘러갈 세월이 가려주겠지
–김도향, 〈시간〉 중에서

김도향의 〈시간〉을 작곡한 윤종신은 노래를 참 잘 만든다. 특히 이 노랫말의 경우에는 윤동주 시인마저도 생각이 나니, 그가 겪은 세월이 그렇게 힘들었던 것인지 궁금해지기까지 하다. 노랫말처럼 내게도 나의 시간을 되돌릴 수 있다고 누군가가 말한다면 어느 때로 돌아갈까 생각해본다. 예전엔 그랬다. 20대로 돌아가 정말 철없는 사랑을 해보고 싶고, 누군가와 불꽃같은 사랑에 빠져보고도 싶고, 회사를 계속해서 다녀보고도 싶고, 하여간 여러 생각을 해봤다.

하지만 지금은 그 어느 때로도 돌아가고 싶지 않다. 지금 돌이켜 생각해보니, 그 누군가를 만나 사랑에 눈을 뜨기도 했고, 힘겹도록 아쉬운 사랑도 했고, 그래서 나중에 다시는 후회하지 않을 정도로 최선을 다해 사랑을 할 수 있게도 되었고, 분노와 원망에 찬 시간을 보냈기 때문에 작은 것에도 행복할 수 있게 되었고, 용기를 내어 새로운 일

에르미타주 박물관 북쪽의 방 창가에서 본 하늘. 이곳에 살던 아름다운 공주와 왕비도 이 하늘을 보았을까.

에 도전했기에 지금의 내가 있고, '도대체 내가 무엇을 잘못했기에 이런 일을 겪는 것일까' 싶은 뼈저린 시련도 겪었기에 세상을 담담하게 바라볼 수 있게 되었다. 물론 앞으로도 수많은 시련과 고난이 올 것이고, 난 다시 사랑 때문에 울게 될 수도 있고, 새로운 경험 속에서 어려움에 뒤뚱거릴 때도 있을 것이다. 그러나 그 모든 것들을 예전과는 조금은 다른 방식으로 맞이하게 될 거라는 것도 안다. 왜냐하면 모든 시간들이, 내가 지내왔던 모든 시간들이 나를 지탱해주기 때문이다.

모든 것은 지나간다

구름도 지나가고, 시간도 지나가고, 기억도 지나가고,
추억도 지나가고, 행복도 지나가고, 사랑도 지나가고,
분노도 지나가고, 그리움도 지나가고, 안타까움도 지나가고,
그렇게 지워지지 않을 것 같던 아픔도 지나가고 모든 것은 지나간다.
그렇게 모든 것이 구름처럼 지나간다.
모든 것이 모두 다 지나가야만 담담한 마음으로 다시 돌아오는
것들을 맞이할 수 있다. 사랑도, 그리움도, 간절함도, 슬픔도, 행복도
모두 서두르지도, 너무 호들갑스럽지도 않게 다시 맞이할 수 있다.
구름이, 바람이, 별들이, 밤하늘이, 새벽하늘, 태양이 다시
돌아오는 것처럼.
그렇게 모든 것이 지나가기를 기다려야만 한다. 그렇게 지나가기를
기다려야만 새롭게 채울 수 있고 또 다시 받아들일 수 있다.

중국 천산 위에 있는 천지에서 본 하늘. 참으로 신기했다.
어떻게 이렇게 높은 산꼭대기에 이렇게 아름다운 물이 있는지.
하늘에 맞닿을 정도로 높은 이곳에.

지나고 나면 다 좋았어

새벽 5시 15분에 눈이 떠졌다. AI 3호 침대칸은 덜컹덜컹 끊임없이 흔들렸고, 옆 침대에서 들려오는 인도인 아저씨의 코 고는 소리는 기적소리보다 더 요란하다. 때로는 참새같이 생긴 바퀴벌레가 날갯소리까지 내며 날아다니고 퀴퀴한 냄새가 눅눅하게 풍겨오기도 한다. 그렇게 아그라까지 14시간 이상 가는 동안 나는 이 끔찍한 기차 여행이 영원히 끝나지 않을 것만 같았다. 애써 잠을 청하다 눈을 떠보니 내 앞에 사리를 칭칭 동여맨 아주머니가 앉아서 나를 물끄러미 바라보고 있는 것이 아닌가. 이건 또 웬일인가 싶어 같이 바라보니 "나마스테"라며 인사를 건넨다. 등도 제대로 못 필 정도로 좁았던지 위에 있던 아주머니가 내 발밑에 앉아 있었던 거다. 한순간 어이가 없었지만 이것도 경험이다 싶어 말을 건네본다. 약간의 영어를 사용하며 내게 달걀까지 내밀던 아주머니는 결국 자기 남편까지 불러와 같이 사진을 찍자 한다.

집에 돌아간다는 그 부부는 아그라 몇 정거장 전에서 내렸고, 우리는 오랜 친구처럼 껴안고 얼굴을 비비며 헤어졌다.

러시아 사람들은 정말로 무례하기 짝이 없고 매너가 거칠다. 처음엔 그 분위기에 어찌나 당황스럽고 화가 나던지 한동안 속이 부글거렸다. 그런데 일주일이 지나자 그들의 말투나 태도가 거칠고 고집스러울 뿐 참으로 정이 깊은 민족이라는 사실을 깨닫게 되었다. 하기야 그렇게 추운 곳에 살면서 마음까지 차가우면 어떻게 살 수 있겠는가 싶다. 모스크바에서 상트 페테르부르크에 도착해서 너무 막막할 때였다. 중앙역에 내려서 호텔로 갈 방향을 전혀 못 찾고 있을 때 역 앞에서 과일 노점상을 하는 몽고인이 눈에 들어왔다. 나와 비슷한 생김새여서 그랬는지 영어라고는 "Hello"도 못하는 그 여인은 결국 자기가 아는 사람을 다 동원해서 나를 호텔까지 데려다주게 했다. 춥기도 엄청 춥고, 말도 전혀 통하지 않고, 불친절하다고 생각했던 그곳에서 며칠을 지내는 동안 난 역 앞에서 노점상을 하는 이 몽고 여인과 아침저녁으로 인사하며 안부를 묻는 사이가 되었다. 그리고 헤어질 때는 "빠가빠가(친한 사람들끼리 하는 인사말)"를 외치며 꼭 안아주었다.

처음엔 힘들어 죽겠고, 더러워 죽겠고, 괴로워 죽겠어도 시간이 지나면 참 신기하게도 좋은 일만 기억나고, 좋은 추억만 마음에 기억된다. 아무리 생각해도 이해할 수 없었던 상황도, 정말 억장이 무너지게 슬펐던 상황도, 너무 괴로워 울다 지쳐 잠들었던 나날도 시간이 지나면 다 괜찮아진다. '모든 것에는 다 이유가 있었구나' 하는 걸 깨달으면서 그때 일어났던 일들에 새삼 감사하게 된다.

예컨대 아그라행 기차를 경험한 이후 나는 어떤 기차도 편한 마음으로 탈 수 있게 되었다. 둔황에서 다시 우루무치로 가기 위해 기차를 탔을 때는 기뻐 노래를 불렀을 정도다. 가이드를 해주었던 한족 청년은 걱정스러운 듯 기차가 많이 힘들더라도 참으라고 했지만 비록 몸도 제대로 일으켜 세울 수 없이 비좁아도 하얀 침대보가 깔려 있고 청소도 깨끗하게 되어 있는 침대가 내게는 파리에 있는 그랜드 호텔처럼 느껴질 정도로 매우 편했다. 그렇게 내게 있었던 많은 시련이 이제는 모두 투명해졌다. 아주 오랜 시간이 걸렸지만 이제야 내게 그 시간들이 꼭 필요했다는 걸 알게 되었기 때문이다.

사람들은 흔히 마음을 내려놓는다고 하는데 어디 그것이 쉬운 일인가. 평생 괴롭혔던 나의 허리 디스크는 더 이상 나를 힘들게 하지 않는다. 완쾌되어서가 아니다. 식이요법과 운동으로 허리 근육과 체력을 키웠기 때문이다. 지금도 조금만 방심하면 다시 통증이 오기도 하지만 예전처럼 무방비 상태로 고통스럽게 울진 않는다. 덕분에 나는 매일같이 운동할 수 있게 되었고, 적당한 사이즈를 유지하며 살 수 있게 되었다. 시련도 마찬가지다. 사람들은 종교를 가지면 모든 시련이 없어진다고 생각하는데 절대 그렇지 않다. 세상은 변함없이 흘러가는데 어찌 힘든 일이 사라지겠는가. 슬픔과 괴로움을 내려놓는다는 건 스스로 노력해서 그걸 희미하고 투명하게 만든다는 것이다. 그렇게 하기 위

우루무치를 거쳐 투루판 둔황으로 가는 내내 보았던 고비 사막은 황량하고 또 황량했다. 내가 도대체 뭐하는 짓인가 할 정도로 말이다. 그러나 고비 사막을 건넜을 때 깨달았다. 내가 인생의 고비를 이제서야 넘었다는 사실을.

해서도 우리는 바닥까지 내려가볼 필요가 있다. 죽을 것같이 괴로워도 견딜 때까지 견디고 나면 결국 극복하게 되고, 그러고 나면 시련은 '또 다른 시련'으로 서핑을 하듯 넘나들게 된다. 그리고 그 시간마저 지나고 나면 당신도 나처럼 이렇게 말하게 될 것이다. "지금 생각해보니 그때 그런 일도 있었네. 그런데 그때 그렇게 돼서 지금의 내가 있는 거구나."라고.

그러니 모든 것이 지나갈 때까지만 견뎌보자. 그 시간들은 모두 지나가기 위해 있는 것이다. 야구는 9회 말이 끝나기 전까지 누가 이기고, 지게 되는지 아무도 모른다. 인생도 똑같다. 끝이 없다. 내가 바보같이 끝내기 전에는. 파이팅해서 이 시간을 견뎌보자. 너무 힘이 들면 갤럭시 익스프레스의 노래 〈지나고 나면 다 좋았어〉라도 부르면서 말이다.

촛농 같은 시간

사랑하는 사람이 죽었을 때처럼 시간도 다시는 만날 수 없다.
전에는 모두 내 곁에 머물러 있을 거라 생각했다.
언젠가 떠나간다는 사실조차 인지하지 못했다.
그저 시간도, 사랑하는 사람들도,
원망스러운 사람들도,
모두 언제까지나 내 곁에 있을 거라 생각했다.

그러나 시간은 물처럼 흐르고
촛농같이 녹아내린다.
그렇게 조용히.

인생을 살면서 무엇 하나를 확실하게 말할 수 있을까.

—

사람도, 일도 단언하며 호언장담하던 치기 어린 시절
미운 사람은 보지 않았고,
서럽고 원망스러우면 마음과 눈을 닫아버리기도 했다.
지금 생각해보면 얼마나 어리석고
세상 두려운 것을 모르던 바보 유인원이었던지.

후회하는 시간만큼은 가능한 줄이고 싶다.
부끄러울 땐 내 부끄러움을 들여다보고
다시 엎어지더라도 일어서서 계속 걸어가야 한다.
다시 눈물을 흘리더라도 계속해서 사랑해야 하는 것처럼.
다시는 후회하며 가슴 터지는 그런 시간을 만들고 싶지 않지만
그런 시간도 곧 지나갈 것이다.

파울로 코엘료의 《11분》에서 이런 글을 읽었다.

지루할 정도로 길기도 하지만 눈 깜짝할 사이에 지나가는 것도
인생이라고

루르드 성당의 촛불

—

나는 포도나무요

열매를 보면 나무를 아는 것

루카복음에 나오는 한 구절이다. 이 구절은 신앙심에 대한 예수님의 무화과나무 비유이긴 하나, 그 문장만으로도 뭔가 가슴이 뜨끔하다. 내 사랑과 욕심, 분노와 좌절에 따라 열매는 달라질 것이다. 내가 썩은 나무면 열매는 아예 자라지도 못할 것이고, 내가 건강한 나무이면 그 열매는 아름답고 탐스러울 것이다.

실크로드 중 하나인 투루판에서 나는 괴로웠다. 낮에는 50도까지 올라가는 불볕더위로 미칠 지경이었다. 그렇게 무섭도록 뜨거운 도시에서 참으로 기분이 좋아지는 광경을 보게 되었는데 바로 도시 곳곳에 서 있는 포도나무였다. 여기저기 포도나무가 즐비하게 서 있고 거기에는 파랗고 예쁜 청포도가 더위에 아랑곳하지 않고 열려 있는데,

어찌나 그 모양이 예쁘고 사랑스러운지 눈을 의심할 정도였다. 투루판 명물이 각종 건포도라는 이 사실이 이해가 될 정도로 도시 전체가 포도나무로 뒤덮여 있었다. 천산의 물을 사막으로 끌어 내리는 모습을 재현한 카레즈 박물관에 가니 그 앞에 방물장수들이 즐비하게 늘어서 있었다. 마오쩌둥이 그려진 찻잔부터 옛날 카메라, 이상한 모양의 지팡이까지 없는 게 없어서 알라딘의 요술 램프도 잘 찾아보면 어딘가 있을 것 같았다. 거기서 나는 아주 묘하고 독특한 십자가를 발견했다. 온통 부처님의 벽화와 그림, 조각으로 가득한 나라에서 십자가를 보는 것도 기이하거니와 그 모양과 색상이 하도 신기하여 물어보니 포도나무로 만든 십자가란다. 포도송이가 탱글탱글 양각되어 있는 매우 클래식한 십자가가 어찌나 아름답던지 가격을 물어보니 단돈 만원이었다. 아름다운 가격에 또 놀라 눈물을 흘리며 바로 구입했다.

사실 난 포도나무가 좋다. 그래서 이 성경 구절도, 성경 구절로 만든 노래도 모두 좋아한다.

'나는 포도나무요 너희는 가지로다 가지가 나무에 붙어 있지 않으면 작은 열매도 맺을 수 없듯이 너희도 내 안에 머무르지 않으면 그러하리라(요한 15,5)' 그 작열하는 태양 아래서도 열심히 나무에 붙어 있다가 맛있고 아름다운 열매가 되는 포도송이들이 참 기특하고 신기하다. 예전에 샌프란시스코 나파 밸리의 와인 농장에 갔을 때 포도나무에 대한 설명을 들으며 참 사람 사는 것과 똑같다며 감탄했던 기억도 난다. 고진감래라고, 어렵게 살아온 이야기가 많은 인생일수록 인간도

투루판에서 먹은 건포도는 무지하게
맛있다. 뜨거운 태양을 견딘 탐스러운
포도로 만들어졌기 때문이다.

포도송이처럼 먼 훗날 달콤해질 가능성이 더 많은 게 아닌가 싶었다.

좋은 대지에서 자란 좋은 종자의 포도나무는 달콤한 맛밖에 내지 못한다. 인생의 쓴맛을 알지 못하기 때문이다. 그런 포도는 식탁 위에 올려놓는 과일밖에 되지 못한다. 명품 와인이 만들어지려면 가끔은 뜨거운 불볕더위를 견디기도 해야 하고, 비가 오지 않는 기나긴 가뭄을 이겨내기도 해야 한다. 그렇게 영근 포도만이 쌉싸래한 맛을 지니면서 중후함을 드러내는 명품 와인이 된다.

포도가 좋은 와인이 되려면 땅 속 깊이 뿌리를 내려야 한다. 어떤 역경도 버틸 수 있을 만큼 깊숙이 내려가야 한다. 뿌리가 내려가는 땅에는 모래나 진흙만이 있는 것이 아니다. 때로는 석회암 같은 바윗덩어리를 만나기도 한다. 겉으로 드러난 대지는 보드랍지만 조금씩 파고 들어갈수록 전혀 다른 거친 세상을 만나게 된다. 포도나무의 꿈도 가끔은 좌절을 겪는다. 나비도 날아다니지만 생명을 위협하는 해충의 위협도 이겨내야 한다. 사람들의 노력도 마찬가지다. 이파리 하나하나를 손으로 만져주고, 너무 많이 열린 송이는 잘라버린다. 그런 도움과 위협을 받아가면서 포도나무는 깊이깊이 뿌리를 내린다. 무더운 날씨와 거친 토양이라는 역경을 이겨낸 포도만이 좋은 와인을 만들어낸다. 그래서 내게는 포도송이가, 한 잔의 와인이 너무 소중하다. 모든 시련을 겪어야 했던 예수님의 피처럼 붉은 와인을 마시고 있노라면 시련이라든가 역경도 사랑할 수 있을 것 같다.

강물처럼 흘러가도록

마음이 흘러간다는 것은 그냥 흘러가는 것이 아니다.
마음을 비운다는 것은 그냥 비우는 것이 아니다.
강물이 흘러가는 것처럼 마음 역시 조용히 흘러가면 좋겠지만
그게 생각처럼 쉽지 않아 애를 먹곤 한다.
죽은 나뭇가지에도 걸리고, 바위에도 걸리고.
내 마음은 그렇게 걸리는 곳도 참으로 많다.

마음을 비우는 것도 그렇다. 물질이든 사랑이든 원망이든 미움이든
혹은 기대나 걱정 같은,
얽매이는 것이 있으면 마음은 결코 비워지지 않는다.
마음이 강물처럼 흘러간다는 것은
참 어렵고 힘든 일이지만 살아가는 데

왜관에서 목포로 가는 길에 배가 고파
순창에 들렀는데 생각지도 못하게
고요하고 아름다운 호수를 보고 말았다.

절대로 필요한 일이라는 사실을 자꾸자꾸 느끼게 된다.

헤세의 《싯다르타》에서 나오는 강물에게서 배운다.

강물은 흐르고 또 흐르며, 끊임없이 흐르지만,
언제나 거기에 존재하며, 언제 어느 때고 항상 동일한 것이면서도
매 순간마다 새롭다!

이미 흘러가버린 것, 잃어버린 것에 연연할 필요가 없다는 얘기일 거다.
새로운 것을 맞이하기 위해서 말이다.

견뎌야 할 때는 견뎌야 한다

견뎌야 할 때는 견뎌야 한다.
다른 뾰족한 수가 없다.
너무 괴로워서 심장이 터지고, 용암처럼 뜨거운 눈물이 흘러내려
목젖과 심장을 모두 다 태운다고 하여도
견뎌야 할 때는 견뎌야 한다.
장미 가시넝쿨이 온몸을 파고들어 심장이 타들어가듯 아파도
견뎌야 할 때는 견뎌야만 한다.
별다른 뾰족한 수가 없기 때문이다.

나는 달과 별이 떠 있을 때 여행을 가는 것이 싫다. 아무리 좋은 곳으로 떠나는 여행이라도 어둑어둑할 때 비행기나 기차를 기다리는 것은 왠지 서글프고 서럽고 그립고 또 아쉽다. 파리로 떠나는 비행기를

아주 오랫동안 뜨거운 태양 아래.
바하리아 사막에서…

모스크바에서 기다리며, 벨기에로 떠나는 기차를 파리 북역에서 기다리며 난 언제나 새벽에, 늦은 밤 홀로 서 있었다. 붉은 저녁노을이 질 때나 별이 가득한 밤에 달이 뉘엿뉘엿 태양을 피해 사라지는 새벽녘에 어디론가 갈 때는 아무리 좋은 곳을 가더라도 마음이 아득해진다. 붉은 노을이 아름다워도 저녁이나 밤, 새벽에 떠날 때는 아예 작정하고 아이팟의 음악도 재즈나 바흐의 골드베르크를 틀어놓는다. 그래서 대체적으로 태양이 두둥실 떠오른 아침에 떠나는 편이지만 어쩔 수 없이 밤에 떠날 때는 공항에서, 혹은 비행기 안에서, 기차에서, 항구에서, 버스에서 그 지루하고 우울한 시간이 지나가길 기다린다. 그렇게 기다리다 보면 다른 세상의 아침이 어느샌가 훌쩍 다가와서 웃는다. 그럼 나는 기지개를 펴며 말한다. "안녕" 하고.

이 또한 지나가리라

모든 것을 이뤄낸, 모든 것을 지켜낸, 모든 것을 견디어낸 다윗 왕이 말했다. 현재의 위치에 교만해지지 않고, 다시 힘든 일이 왔을 때에도 절망하는 일이 없도록 반지에 글귀를 넣어야 한다고 생각한 다윗 왕은 반지를 만드는 노인에게 가장 적당한 말을 찾아 반지 안쪽에 새겨 달라고 부탁했다. 명을 받은 노인은 밤새 고민하고서 반지에 이런 말을 새겨 넣어 다윗 왕에게 바쳤다. '이 또한 지나가리라'

모든 것은 지나간다. 그렇게 안 지나갈 것 같던 20대가 지났고, 그렇게 평생 멈춰 선 것 같던 30대도 지났다. 이제와 생각해보면 모든 것이 시련이 아니라 축복이었다. 지금 나는 모든 것을 새롭게 시작할 수 있다. 모든 것을 새롭게 시작해도 담담할 수 있고, 모든 것을 설레는 마음으로 다시 시작할 수 있을 것 같다. 일종의 그런 의연함을 가질 수 있는 나이가 됐다는 게 다행스럽고 그 모든 것이 참담하고 암혹

터키 에페소는 한때 가장 번화하고
화려했던 도시였다. 하지만 이 또한
지나가고 말았다.

했던 20대와 30대가 있었기 때문이라는 걸 알게 되어 기쁘고 고맙다. 누구에게나 어려운 시기는 모두 있겠지만 나도 참 힘든 시기를 보내야만 했다. 집안 형편이 서서히 기울었던 것도, 한도 끝도 없이 갚아내야만 했던 빚들도 그랬지만 그 모든 것들을 애써 숨기며 아무렇지도 않은 듯 위장한 채 살았던 나의 헛된 자존심이 나를 더욱 병들게 했다. 그래서 말도 안 될 정도로 최악의 상황으로 자신을 몰고 가기도 하고, 바닥으로 떨어뜨리며 더욱 고통스럽게 했던 날들이 있었다. 그 날들을 어찌어찌 견뎌내며 살다 보니 어느샌가 다가올 시련도 '곧 지나갈 또 다른 시련' 정도로 여길 만큼 담담해졌으니 뭍에서 펄떡펄떡 뛰는 생선처럼 그렇게 좌충우돌하던 성격이나 나의 나쁜 습관들이 조금은 무뎌진 것도 지나간 모든 시간 속에서 생긴 의연함이 아닌가 싶다.

우리들의 삶은 순례자와도 같다. 순례자가 달리 순례자겠는가. 거친 파도와 풍랑 같은 세상 속을 헤치며 살아가는 우리들의 모습. 그 안에서 서로 의지하기도 하고 밀어내기도 하며 살아가는 우리의 모습, 다시 올 커다란 폭풍 앞에서 울면서도 용기를 내어 앞으로 나아가는 우리들의 모습이 바로 순례자가 아닌가 싶다. 포기해선 안 된다. 모든 것은 어차피 곧 지나갈 것들이기 때문에 포기해서도, 좌절해서도 안 된다. 또한 지금 얻게 된 부와 명예, 혹은 행복과 권위도 모두 빨리 넘어서야 한다. 물론 그런 것 하나 즐기지도 못하고 산다면 얼마나 비참할까 생각하겠지만 너무 오래 그 영광을 붙들고 살지 말자는 뜻이다. 스티브 잡스도 말했다. "만약 어떤 일을 순조롭게 진행했다면 또 다른 멋진 일을 찾아 도전해야지, 그 성공에 너무 오래 안주해서는 안 된다."라고. 너무 오래 안주하다 보면 무뎌지고, 교만해지고, 어리석어진다. 참으로 신기하게도 그것은 아무리 똑똑하고 재능 있는 사람이라도 다 마찬가지다.

모든 것을 잊으라는 이야기가 아니다. 단지 모든 것을 담담하게 받아들여야만 자신에게도, 관계에 있어서도, 상황에 있어서도 자유롭게 대처하고 즐기고 소망할 수 있기 때문이다. 순간의 기쁨도, 고통도 모두 이 또한 지나갈 것들이란 사실을 알게 된다면 자신이 너무 초라하게 느껴지지도, 너무 교만해지지도 않을 것이기 때문이다. 그저 우리 모두 걸어야 할 저마다의 몫을 걸어가는 순례자일 뿐이다. 인생이라는 긴 순례의 길을 담담하게, 성실히, 때로는 서로 의지해서 함께 걸어가는 거다. 아무리 힘들고 지칠지라도, 또한 아무리 어둡고 멀지라도.

감히 이룰 수 없는 꿈을 꾸고, 감히 이뤄질 수 없는 사랑을 하고, 감히 견딜 수 없는 고통을 견디며, 감히 용감한 사람도 가보지 못한 곳으로 가며, 감히 닿을 수 없는 저 밤하늘의 별에 이른다는 것. 이것이 나의 순례이며 저 별을 따라가는 것이 나의 길이라오. 아무리 희망이 없을지라도, 또한 아무리 멀리 있을지라도.
—세르반테스, 《돈키호테》 중에서

5

한국의 재발견: 미안하다, 너무 늦게 알아봐서

무모하고 아름다운 한국인들의 비상

"왜 그때 그렇게 무모한 생각을 했는지 몰라요. 그렇지만 정말 힘들었던 그 순간이야말로 나의 꿈을 시작하기에 가장 적당한 때라고 생각했어요." 파리에서 만난 디자이너 우영미가 한 말이다. 한동안 진행했던 케이블 TV의 프로그램인 〈올리브 쇼〉 취재차 파리와 뉴욕을 다니며 나는 해외에서 활동하는 한국인을 만났다. 그들을 만나면서 얼마나 내가 한국인이라는 사실에 감사하게 되었는지 모른다. 그것은 거의 기적과도 같은 일이었다. 그렇다. 지금 세계는 무모한 도전을 하는 아름다운 한국인들의 열기로 들끓어 오르고 있다.

"세계 패션계를 한국인들이 장악할 날이 멀지 않은 것 같아요." 화보 촬영차 뉴욕에 갔을 때 포토그래퍼 에이전시로부터, 어느 파티에서 만난 멀티숍 바이어로부터, 파리에서 만난 프레스 담당자로부터 들었던 말이다. 고백하건대 예전에 외국인들이 한국과 일을 하는 건 그저 '돈' 때문이라고 생각했다. 그러나 이제는 다르다. 한국인들의 감성과 감각, 그리고 열정을 보고 일을 하고 싶어 한다. 현재 영국에서 활동하고 있는 헤어 디자이너 주형선은 발렌티노를 비롯해 도나 카란, 미우 미우 등 각종 유명 브랜드의 광고는 물론 이탈리아, 영국 〈보그〉 등 최고의 패션지와 함께 일하고 있다. 누군가 알아봐주기는커녕 어시스턴트로도 채용하려 하지 않았던 시기를 넘어 그는 이제 데이비드 심스조차도 같이 일하고 싶어 하는 최고의 헤어 스타일리스트가 되었다.

천재 디자이너 칼 라거펠트는 디자이너 우영미의 솔리드 옴므와 정욱준의 준지를 직접 구입해 입는다. 프랑스 파리의 유명 프레스 오피스 미셸 몽탄에서 일하는 서꽃님은 한국에서는 잘나가는 홍보 마케터였다. 그러나 이젠 프랑스와 미국 패션지를 넘나들어 전 세계 기자들에게 당당하게 자기 이름을 알리며 일을 한다. 한국에서의 유명 디자이너의 길을 뒤로하고 파리에서 다시 밑바닥부터 시작해야 했던 우영미의 무모한 도전으로 인해 이제 솔리드 옴므는 세계에서 판매되고 있고, 얼마 전에는 일본의 최고 의류 회사인 온워드 가시야마에 최고의 조건으로 매입되었다. 그런가 하면 "파리의 로버트 할리라예."라며 구수한 경상도 사투리로 자신을 소개하는 주얼리 디자이너 변주미의 N2는 런던의 브라운, 파리 라파예트는 물론 일본의 유명 멀티숍과 백화점에서 인기리에 판매되고 있다. 만화에서나 볼 법한 강한 캐릭터의 여자 얼굴 목걸이나 귀고리부터 이상한 나라의 앨리스가 연상되는 사랑스러운 캐릭터의 참Charm 목걸이나 팔찌 등 굉장히 독창적이고 유니

크한 디자인에 해외 패션지도 러브콜을 보내고 있다. 귀여운 스타일의 변주미와는 달리 전 세계 공주들의 마음을 사로잡은 주얼리 디자이너도 있다. 바로 뉴욕에서 활동하는 'Sally Sohn' 윤호경이다. 강원도 출신의 그녀가 최고의 감각과 감성으로 만든 주얼리는 1백 년 전통의 럭셔리 백화점인 버그도프 굿맨에 당당히 입점하여 그곳에 오는 아랍계 공주들과 유럽이나 미국 상류층의 사랑을 독점하고 있다. 살바도르 달리의 그림 속에 등장할 것 같은 초현실적인 시계가 핑크, 옐로, 블랙 다이아몬드와 함께 빈티지 시계에 재현되는가 하면, 각종 원석을 이용하여 공작새, 벌, 나비 등 이색적인 색감과 분위기가 인상적인 매우 드라마틱한 액세서리를 만든다.

그런데 더 놀라운 건 그 열기가 패션뿐만이 아니라는 거다. 2009년 세계를 열광시킨 영화 〈트랜스포머〉에 등장한 범블비, GM 셰비 '카마로Camaro'를 디자인한 것은 바로 한국인 이상엽이다. 그는 〈트랜스포머 2〉의 쉐보레 콜벳 스팅레이 디자인까지 담당하며 화제를 모았던 남자다. 또한 2010 디트로이트 모터쇼에서 모든 기자들의 환호성을 얻었던 GM의 SUV 컨셉트 카인 '그래나이트'를 디자인한 것 역시 한국인 디자이너 서주호였다. 그리고 더 믿을 수 없는 일이 벌어졌다. 해외에서 한국의 가수와 배우들에게 열광하기 시작한 거다. 그 무뚝뚝하고 무례한 러시아에서조차도 내가 한국인이라고 하자 바로 자기는 샤이니 팬이라며 반갑게 인사를 하는 이들을 만났다. 간만에 소녀시대와 함께 광고 촬영을 하게 된 날은 그들이 파리 공연을 끝내고 온 직후로

삼척에서 본 하늘은 굉장히 이국적이다.

당시 일본 공연 스케줄로 한창 바쁠 때이기도 했다. 뉴스를 통해서도 들었던 파리 공연에 대해 듣고 싶어 그들을 기다렸던 나는 만나자마자 놀라움을 금치 못하며 이렇게 물었다. "아니 다들 살이 왜 이렇게 빠졌니?" 웃는 얼굴이 예쁜 티파니도, 털털한 성격의 윤아도 모두 얼굴이 반쪽이 되어 나타났기 때문이다. 평소 얼음공주로 불리지만 알고 보면 더없이 상냥한 제시카가 말한다. "쉴 새 없이 춤추며 노래해야 하니까요. 정말 힘들긴 하지만 파란 눈에 노란 머리를 한 사람들까지도 모두 열광적으로 호응을 해주니 힘들어도 더 뛰게 되더라구요." 과거에는 도저히 상상할 수 없었던 일들이 지금 세계 곳곳에서 일어나고 있다. 열정과 인내심을 가지고 끊임없이 도전해온 무모하고 아름다운 한국인들에 의해 일어나고 있는 기적인 것이다.

애틋함이 없는 아름다움에 대하여

촌스럽다 난리 쳐도 기억에 남는 아름다움이 있다. 별것 아닌 것 같아도 시간이 지나면 그리워지는 아름다움이었다. 그러나 지금은 모든 것이 너무나도 명백하게 아름답고 화려한데도 불구하고 아무것도 기억에 남지 않는다. 시신경이 번쩍 뜨일 정도로 자극적이기까지 한데도 도대체 가슴에 떠오르는 것이 없다.

뜨거운 여름날 나는 지인과 제주도 올레길을 걸었다. 제일 어렵다는 코스의 울퉁불퉁한 길을 걸을 때 그녀가 말했다. "요즘엔 애틋함이 없어서 이런 길이 힘들어도 좋은 거야." 예쁜 산책길을 예상하고 갔다가 해안선 절벽 바위 길과 가파른 산길을 땀으로 범벅이 되어서 10킬로미터를 걷기 시작한 첫째 날만 해도 나는 청담동으로 돌아갈 궁리밖에 하지 않았다. 에어컨이 시원하게 돌아가는 근사한 레스토랑에서 차를 마시고 세련된 멀티숍에서 아이쇼핑을 하고 싶었다. 올레길은

우리나라건 해외에서건 나는 좁고 오래된 골목길을 돌아다니는 것을 좋아한다.
누가 어떤 삶을 살아 왔는지 왠지 모르게 들여다보고 있는 듯한 느낌이 들기 때문이다.
경주의 작은 골목길에서.

142-13

너무도 뜨거웠고 불편했고 힘들었다. 첫날과는 달리 그나마 익숙해진 산길을 걷기 시작한 이틀째에는 어제 보이지 않던 작은 꽃도 보이고, 아름다운 바다도 보였다. 땅바닥에는 나무의 뿌리들이 마치 핏줄처럼 불룩불룩 올라와 있었다. 그렇게 작고 좁은 산길을 걸어가다 보니 옛날 사람들은 차도 없이 이 모든 길들을 어떻게 다녔나 싶은 생각이 들었다. 그렇게 걷다가 힘이 들면 장금이 등에 업힌 한 상궁처럼 지쳐 쓰러지는 사람도 있었을 것이다. 더위와 땀에 범벅이 되어 서로 아무 말도 않고 걷기만 하다 문득 지인이 말을 꺼낸다. “요즘은 너무 편안한 리조트에 가는 것이 부모와 아이가 보내는 최고의 여가 시간이 되었잖아. 나도 그렇고. 확실히 편하고 재미있게 쉴 수 있을지 모르지만 예전과 같이 부모 자식 간의 애틋함은 없는 것 같아. 그냥 각자의 위치에서 게임하고 노는데 무슨 대화가 되겠어.”

생각해보니 요즘 세상은 모든 것이 인간 위주로 참 살기 편하게 되었다. 그 ‘살기 편안함’으로 인해 사는 것이 확실하고 명백해졌다. 모든 것이 확실하게 재미있어야 하고, 확실하게 보기 좋아야 하고, 확실하게 편해야만 한다. 전화도 그냥 걸고 받는 것이 아니라 스마트해야 한다. 그것은 감각과 감성에 있어서도 마찬가지이다. 모든 것을 생각하고 상상하는 것이 아닌 바로 눈에 보여야 하고, 검색되어야 하며, 사용하기 편리해야만 한다. 어디 그뿐인가. 이젠 책도 읽지 않고 본다. 영화를 보면서 그 맛과 느낌을 상상하는 것이 불만인지 이젠 의자가 움직이고 극장 안에 냄새까지 나는 4D가 등장했다. 음유 시인 가수는 아예 멸종될 위기에 처해 있다. 예전처럼 사랑을 아파하고, 편지를 쓰고, 두근거리고 설레는 것을 노래하는 것만으로는 부족하다. 음률만 똑같이 맞으면 내용이 없어도 계속 '지지'거려도 좋다고 아우성치고, 마음이 아린 것이 아니라 아파도 총 맞은 것처럼 아파해야 귀에 확 들어오나 보다. 눈썹을 조금만 짙게 그려도 난리 치던 예전과는 달리 이젠 똑같은 인조인간 로봇 얼굴에, 만화책에서나 나올 것 같은 온갖 X맨, 바이오맨, 울트라맨, 요술공주 핑키, 밍키처럼 분장하고 머리에 물들인 가수들이 몸을 흔들어대기 바쁘다. 심지어 레이디 가가는 쇠고기로 옷을 만들어 입고 패션지 커버에까지 등장했다. 최첨단 유행을 보여준다는데 나는 왜 이렇게 보기가 괴롭고 힘든지 모르겠다.

그것은 패션 또한 마찬가지이다. 이제는 옷으로만 아름다울 수 없고, 사진가의 사진으로만 아름다울 수 없다. 요즘 들어 패션지를 볼 때마다 숨이 헉헉 막힌다. 모든 화보들이 기괴하고 음침하고 야릇하며 자극적이다 못해 무엇을 말하고 싶은지조차 알 수도 없다. 예전 사진을 보면 아름다운 옷과 모델이 마치 건축물처럼 조형적으로 연출되고, 사진을 찍는 이의 감성만으로도 두 손이 절로 모아지는 아름다움이 있었다. 때로는 거칠기도 하지만 그 텁텁함이 우아하게 느껴졌다. 여백이 있는 여유로움이 우아해 보였다. 물론 모든 사람의 취향이 다 똑같을 수는 없다. 자신이 표현하고 싶은 메시지가 있다면 앨리스가 사는 이상한 나라도 만들어야 하고 밤하늘의 별도 따다가 그래픽 처리를 할 수 있다. 모델들의 얼굴과 몸은 이젠 컴퓨터로 매끄럽게 매만지고 길게 늘이고, 넣어주고, 깎아서 사기 그릇처럼 만든다. "이젠 사진 작가 능력이 별로 필요 없지 않나 싶어. 컴퓨터만 잘 다뤄도 멋진 사진이 나오니까." 포토그래퍼 김용호가 씁쓸하게 웃으며 말한다.

모든 것이 완벽하다고 아름답게 기억되지는 않는다. 약간 모자라도, 조금 불편해도 사람의 정성과 배려와 의도가 담겨 있는 아름다움이 보고 싶다. 이젠 정말 그런 진짜 아름다움이 귀해졌다.

먹는 것과 산다는 것

고향에서 뻗어 나온 가장 질긴 끈은 영혼에 닿아 있다. 아니 위(胃)에 닿아 있다. 이렇게 되면 끈이 아니라 억센 밧줄이요, 억센 동아줄이다.

유명한 동시통역사이자 섬세하고 따뜻한 시선으로 세상을 보는 요네하라 마리가 쓴 《교양 노트》에 나오는 문장이다. 난 고개를 위아래로 흔들며 연신 "맞아 맞아."라고 수긍했다. 나는 '먹는 것'에 기쁨을 느끼고, '먹는 것'에 슬픔을 잊고, '먹는 것'에 희망을 갖고, '먹는 것'에 사랑을 생각한다. 아무리 힘들고 슬퍼도 난 맛있는 음식을 울면서 먹으며 용기를 내기도 하고, 맛있는 음식을 먹으며 사랑하는 사람에게 먹여주고 싶다는 생각을 한다. 그렇게 '먹는 것'은 우리와 밀접한 관계에 있고, 또 인간 삶의 본질이다. 때때로 제아무리 엄청난 명품을 입고 있어도 먹는 것을 추접스럽게 먹고 있으면 그 사람이 가련하게 보이고,

编号: XJCYMSWH036
天山天池亚克西餐厅
亚克西酥油馕
色美食文化名小吃
健康女
康師傅
綠茶

수수하게 옷을 입은 사람이 음식을 여유롭게, 그리고 맛있게 먹고 있으면 마치 어디 임금처럼 보일 때도 있다. 나는 누구든 음식을 앞에다 두고 '깨작깨작'거리는 사람을 매우 힘들어한다. 직원이건, 배우건, 스타일리시한 사람이건, 부자건, 선생님이건 음식 앞에서 짜증스럽게 구는 사람을 볼 때면 오금이 저리고, 심호흡이 빨라지며, 눈이 팽글팽글 돌다 두 손을 꼭 불끈 쥔다. 그렇지 않으면 내 손이 수저에 밥과 반찬을 한 가득 얹어 상대방의 입에 '팍' 넣어줄까 두렵기 때문이다.

내가 음식을 먹으면 구경만 하다가 뒤늦게 자기도 먹겠다고 꼭 따라 먹는 사람들이 있다. 심지어 약을 먹어도 굉장히 맛있을 것 같다고 한입 먹어보고자 덤비는 사람들도 있다. 내가 유난히 맛있게 먹기 때문이다. 그런 이유로 난 어린 시절부터 할머니, 할아버지들의 인기를 독차지했고, 전 세계 식당 주인들의 사랑을 받아 특별 서비스도 많이 받았다. 별것 없다. 아주 맛있게 잘 먹으면 된다. 내 경우 식재료 각각의 조화를 중요시 여겨, 뜨거운 우거짓국에는 꼭 푹 익은 깍두기나 총각무를 길게 걸쳐 놓고, 고기는 상추보다는 잘 익은 파김치나 갓김치에 돌돌 말아 싸 먹고, 뜨거운 밥에 도라지나 고사리, 연근 무침을 먹을 때는 오이김치나 살짝 짠맛이 나는 무말랭이를 올려 먹는다. 그리곤 그것들이 입 안에서 씹히는 식감을 느긋하게 즐긴다. 처음엔 밥의 약간 단맛이 돌다 담백한 나물들이 입 안을 두툼하게 만들어주고 마지막에 무말랭이의 아작거리는 느낌이 올 때까지 이리저리 꾹꾹 돌려 씹다 꿀꺽 넘기고 난 후 수저에 호박과 두부, 채 썬 고추 하나가 담긴

중국 천산 위에 올라가면 난을 파는 곳이 많다. 바로 구운 난은 화덕 냄새가 구수하게 남아 있어 별미다.

된장찌개 한입을 삼키면, 캬! 얼마나 개운하고 맛있는지. 이건 뭐 전 국민이 즐기는 기본이니 자랑할 것도 못 될 것이다. 낫토 혹은 청국장 콩을 열성적으로 저어 끈기를 강하게 만들고 얇게 썬 사과와 카망베르 치즈를 호두가 투박하게 들어간 곡물 식빵에 샌드위치처럼 겹쳐 오물오물 먹은 후 화이트 와인이나, 와인을 못 마시면 사과 주스로 입을 헹구어도 그것 또한 일품이다. 하겐다즈 바닐라 아이스크림을 우유 식빵에 척 발라 먹어도 맛있고, 갖은 새싹이 듬뿍 들어간 비빔밥에 매운 고추장 대신 된장과 들기름을 넣어 비벼 먹어도 참 맛있다. 이때는 다른 비빔밥처럼 무친 나물 대신 무순이나 상추 같은 생채소가 제격인데 그것들이 된장과 들기름의 무거움을 가볍게 해주기 때문이다. 그리고 나면 깻잎과 유자로 만든 셔벗 차례다. 아! 난 유자를 음식에 잘 사용한다. 된장에 청양고추를 약간 넣고 유자를 가미하면 기막힌 맛을 낸다. 초고추장에 넣어도 좋다. 전라도 목포에 가면 조선 회덮밥집의 '전어 비빔밥'이 일품인데 그 또한 유자의 공이 크다. 전어의 비릿하면서도 담백한 맛을 유자가 들어간 초고추장이 달래주는 것 같다. 채소와 전어를 넣고 유자초고추장에 비빈 밥을 수저 한 가득 떠 먹으면 입 안 가득 고소한 전어와 양파의 매콤하고 사각거리는 맛이 유자의 향으로 넘쳐 콧구멍까지 즐겁다.

난 슬프고 힘들 때면 맛있는 음식을 만들어 먹는다. 더욱 맛있게 먹기 위해선 상상력이 필요하다. 이 재료와 저 재료의 식감과 맛, 그리고 색감을 상상하고 떠올리며 만든 그것이 내 입 안에서 완벽하게 현실화될 때의 기쁨! 어찌 글로 표현할 수 있을까. 내가 좋아하는 영화인 〈달콤 쌉싸름한 초콜릿〉에서도 그랬다. 여자 주인공이 슬플 때 만든 음식을 먹으면 모두 울고불고 난리가 나지만, 사랑할 때 만든 음식을 먹으면 가만히 있던 사람도 오르가슴까지 느끼며 사랑을 한다. 오기가미 나오코 감독의 〈카모메 식당〉이나 〈안경〉 등에 나오는 음식들도 모두 사람의 마음을 움직인다. 아베 야로의 만화 《심야 식당》에서 음식은 사람을 사귀고, 용서하고, 화해하고, 다시 용기를 얻게 하는 매우 중요한 존재이다.

예전에 이런 사람을 보았다. 베르사체 슈트를 멋지게 입고 바람머리를 근사하게 날리는 한 중년이 그의 가늘고 멋진 몸매를 툭툭 치며 말했다. "난 먹는 시간 좀 줄이면 좋겠어요. 그런 알약 없을까. 한 번 먹으면 하루 종일 배가 부르는 그런 약. 그럼 시간도 단축하고 몸매 걱정도 안 할 텐데." 돈이 많고 멋지고 세련된 감각과 재능까지 가진 그 사람이 나로서는 참 가련하고 초라해 보였다. 상상력이 풍부하고 창조적인 사람은 음식 만들기를 좋아하고, 또 먹는 것을 엄청 가치 있게 여긴다.

더군다나 먹는 사람 주변에는 항상 사람들이 많다. 삼청동에 가면 기막힌 맛국물을 내는 마나님이 계시다. 바로 '계동 마나님'의 주인장으로 장아찌와 뜨실국수, 된장치즈주먹밥을 만들어 주는데 말투와 성질은 고약하다. 그래도 계동 마나님의 인기는 언제나 '짱'이다. 틀툴거리며 말하는 그녀가 만들어주는 음식은 마음을 움직여줄 정도로 따뜻하고 사실 그녀의 깊은 정이 느껴지기 때문이다. 그녀는 말한다. "난 노후대책 벌써 다 세워 놓았어. 계속해서 맛있는 음식 만들다 보면 사람들이 그 음식 때문에 나를 찾아와줄 것 아냐?" 맞는 말이다. 음식은 사람과 사람을 이어준다.

그래서 난 여행이 좋다. 여행을 가면 세상에 있는 별의별 음식을 맛보게 되고, 그러면서 그곳 사람들과 많은 이야기도 나누고 정보도 얻는다. 이스라엘 갈릴리 호수 근처에서 먹은 튀긴 생선 요리도 그렇고, 로도스 섬 선창가 골목에서 먹었던 손바닥만큼 커다란 페타치즈 샐러드와 심심한 바게트도 그렇고, 삼척에서 아침 일찍 어부가 잡아온 걸로 끓인 곰칫국도 그렇고, 예산에서 길거리 할머니들 옆에 앉아서 먹던 쉬어 꼬부라진 김치도 모두 내게 살아 있다는 기쁨을 온몸 가득 느끼게 해주었다. 그러나 무엇보다 그들의 정을 느낄 수 있었기에 더욱 그랬다. 음식은 시간이 필요하고 정성이 필요하다. 누군가를 위해 시간을 들이고, 연구를 하고, 생각을 하며 만든 음식을 먹게 되면 건강한 삶도, 행복한 삶도 다 이룰 수 있다. 사람들은 '건강하고 행복한 음식'에 대한 위대함을 모른다.

그것들이 몸에 들어갔을 때, 세포 사이사이에 쌓였을 때 어떤 작용을 하고, 얼마나 오랜 시간 그 사람들을 지탱하게 만드는지 모른다. 그런 이유로 난 어머니에게 감사하다. 대장금인 양 정성을 들이고 이리저리 연구하며 맛있게 만드는 어머니의 음식은 사랑과 열정, 그 자체이기 때문이다.

시애틀의 올드 마켓에 있는 싱싱한
채소들을 보며 얼마나 입맛을 다졌는지.

ORGANIC BABY LETTUCE
SWEET ORGANIC BROCCOLINI
Califlower
EACH
Broccolini
MANN'S
Broccolini
MANN'S

안동에서의 도플갱어

안동에 갔을 때 일이다. 하회마을을 찾기 위해 길을 물어보려 했지만 비수기여서 그런지 길가에 사람이 보이지 않았다. 한참을 헤매다 길가에서 헬멧을 쓴 채 오토바이를 고치고 있는 사람을 발견했다. 인적도 드문 한적한 시골길에서 헬멧을 쓴 사람의 정체는 왠지 모를 불안감을 조성했다. 그래도 더 이상 길을 헤맬 수 없어 용기 내어 물어보았다. "아저씨. 저기 하회마을을 찾고 있는데요." 헬멧을 쓴 사내가 저벅저벅 내 차로 걸어온다. 여차하면 도망치려고 기어에 손을 올려놓았다. 아저씨가 헬멧을 벗었다. "절로 가면 됩니더."라고 말하는 그의 얼굴은 하회탈과 똑같이 생겼다. 순간 혀를 깨물며 터져 나오려는 웃음을 참았다.

여행을 하다 보면 때때로 나의 지인과 똑같이 생긴 사람을 스페인 시골길이나 인도의 사막에서 발견하곤 한다. 어떨 때는 강호동과 똑같

모스크바 시장에서 발견한 수제 인형이 귀엽다고
생각하며 길을 걸을 때 그 인형과 똑같이 생긴
아저씨를 발견했다. 난 너무 웃겨서 아저씨에게 사진을
찍겠다고 했다. 그러자 아저씨가 말했다. "Why Me?"

이 생긴 사람을 낙타를 모는 이집트 아저씨들 무리에서 발견하기도 하고, 신봉선과 똑같이 생긴 사람을 고비 사막 근처 마을에서 만나기도 하면서 나는 또 다시 혀를 깨문다. 그것은 사람뿐만이 아니다. 사진작가 최용빈을 닮은 조각상을 태국에서 발견하기도 하고, 내가 아는 통통하고 귀엽게 생긴 PD와 똑 닮은 개를 프랑스 시골길에서 발견하기도 한다. 특히 아프리카나 로키 산, 태백산, 고비 사막처럼 멀고도 험한 곳에서 그런 사람을 발견할 때면 혼자서 키득거리며 '이럴 때는 누군가 같이 웃어줄 사람이 옆에 있으면 좋겠다.'라는 생각이 절로 든다.

하느님께서도 비슷한 모습과 성격의 사람이나 생명체, 혹은 사물을 만들어 멀리 떨어뜨려 놓으시곤 혼자서 재미있어하며 웃고 계실까. 내가 그 유사성을 발견하고 혼자 웃을 때처럼. 참으로 오묘하고 재미있는 분이신 것 같다.

나비효과

이스라엘로 여행을 가기 전 읽었던 책 중에 하나가 바로 존 버거의 《A 가 X에게》였다. 이 책을 읽고 난 후, 먹먹해진 가슴을 뚫을 길이 없어 한동안 고생했는데 결국 이스라엘까지 가서 이 책의 슬픔을 비로소 느낄 수 있게 되었다. 작가 김경이 꼭 읽어보라며 추천해주었던 이 책은 고대 벽화 같은 아름다운 표지도 그렇고, 편지로만 구성된 소설이라는 점이 처음엔 그저 특이하다고만 생각되었다. 그러나 이 책은 나로 하여금 밤을 꼬박 지새우게 만들었고, 가슴을 먹먹하게 만들었고, 뭘 어찌해야 할지 모르게 만들었다. 책을 읽는 이의 감성과 그 상황에 따라 감동이 달라진다고 하는데, 그때 내 마음이 누군가에게 그저 멀리서라도 용기를 주어야만 했던 상황이기에 더 아련했는지도 모르겠다. 그러나 이스라엘에 가서야 나는 그것이 아름다운 사랑에 대한 이야기이자, 이 시대에 일어나고 있는 전쟁의 비극에 대한 사실이라는

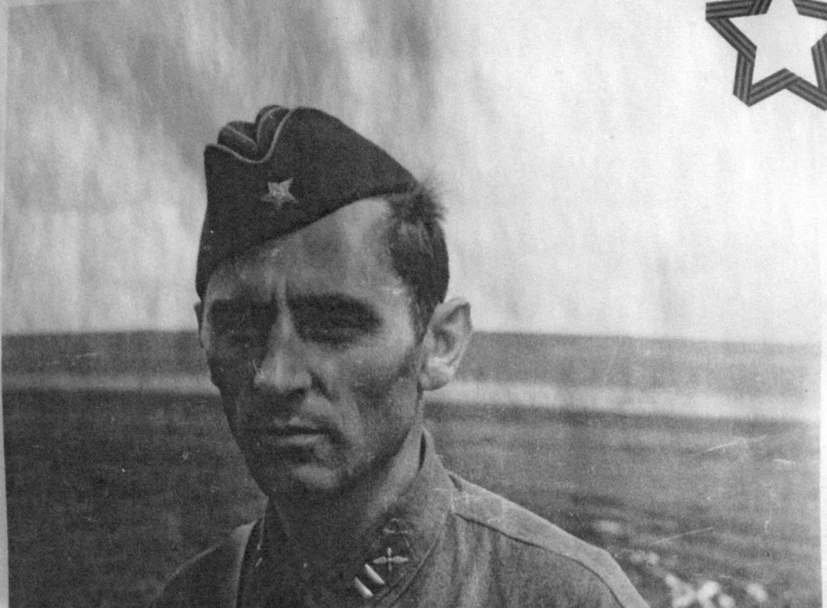

фото: Анатолий Егоров. 1942. Донбасс. Герой Советского Союза Николай Зуб

Память.

것을 깨닫게 되었다. 지극히 평범한 삶의 공간이 팔레스타인과 이스라엘 통치 구역이라는 이름 아래 무장한 군인과 철조망으로 나눠지고 감시받고 있는 삼엄한 현장을 보았기 때문이다. 그리고 누군가가 담벼락에 몰래 그린, 무장한 비둘기가 힘겹게 하늘을 향해 날고 있는 그림을 보고서 말이다.

존 버거의 필체는 모든 것을 초월한 듯 담담하면서도 드라마가 있고, 유연하면서도 강렬하며, 푸근하면서도 날카로워 좋다. 《A가 X에게》는 진정한 사랑에 대해, 그리고 전쟁의 참상과 정치적 이념으로 서로 사랑하는 이들이 강제로 헤어지게 되었을 때의 슬픔에 대해 극도로 절제하고 또 절제한 문체로 쓰인 아름다운 소설이다. 내용은 이렇다 할 것도 없다. 장소와 시간도 모두 불분명한 상태로 대충 전쟁이 치열한 중동 어느 지역이라고 짐작만 할 뿐이다. 주인공의 국적도, 나이도 모른 채 그저 정치범으로 잡혀갔다는 것만 추측할 수 있다. 이것이 허구인지 실화인지조차 확실히 밝혀져 있지 않다. 이 책은 북쪽에 새 교도소가 들어서면서 옛 교도소 73호 감방의 수납장에서 발견된 편지 뭉치에 대한 존 버거의 이야기로 시작될 뿐 나머지는 이중종신형(나 또한 이 책을 통해 처음 알게 된 형벌로 무기 징역으로 감옥에서 죽은 후에도 죽은 나이만큼 시신도 계속해서 안에서 묻혀 있어 가족은 시신조차 볼 수 없다)을 선고 받은 정치범 사비에르와 그의 연인 아이다의 편지 내용이 이어진다. 연도도 없는 편지들, 아이다가 사비에르에게 보낸 편지와 작가의 표현처럼 사비에르가 처음부터 보내지 않으려

모스크바 공항에서 이 포스터를 보며
전쟁터에서 이름 모르게 죽어간
사람들이 생각났다.

작정하고 쓴 편지를 읽으며 나는 밀려오는 감정을 주체할 수 없었다. 연인이 정치범으로 교도소에서 혹독한 시간을 보내는 사이 연인 아이다는 동네 약사이자 동시에 비밀 활동가로 살아가고 있기에 많은 것들을 비밀스럽게 표현할 수밖에 없지만 그러면서도 세상의 어떤 여자도 표현하지 못했을 것 같은 매우 아름답고도 낭만적인 연애편지를 쓴다. 사비에르에게 자신의 다양한 감각과 재능을 이용하여 여러 가지 방법으로 용기를 주기도 하고, 끝없는 기다림에 지쳐 하소연하는 내용도 있다. 또한 주변 이웃들의 사연을 말할 땐 바로 가까이 있는 내 이웃의 이야기인 것처럼 아프고도 친근하게 읽힌다. 책을 읽는 동안 난 아이다가 되어 떨어져 있는 연인을 한없이 기다리며 용기밖에 줄 수 없는 안타까움과 애틋함을 같이 느꼈고, 전쟁 속에서 얼마나 많은 사랑하는 사람들이 이별해야 하고 아파해야 하는지를 전혀 모르고 살았던 것에 미안한 마음이 들었고, 전쟁도 감옥도 막을 수 없는 사랑의 위대함이 얼마나 신비롭고 애처로운지 생각하게 하게 되었다.

이 땅에서 일어났던 전쟁은 이미 지나가버린 것이다. 그러나 그 흔적, 고통, 뒤틀림은 아직도 곳곳에 살아 조용히 숨을 헐떡이고 있다. 영화 〈활〉을 보면서 적들에게 침략당하고 고통당했던 시대를 새삼 떠올렸다. 우리는 그것에 대해 얼마나 알고 있는가? 무참하게 짓밟혔던 사람들의 애절한 삶을… 그리고 진실을…. 그러나 존 버거는 우리에게 지금 같은 시간대에서 일어나는 참담한 현실을 외면해서는 안 된다고 조용히 역설한다. 그 아름다운 소설에 감염된 것일까? 소설 《천개의 찬란한 태양》이나 《연을 쫓는 아이들》 혹은 영화 〈그을린 사랑〉과 〈사라의 열쇠〉를 보면서 전쟁의 참상들을 알게 되었고, 내 가슴에 금이 가기 시작했다.

추석을 앞두고 통영에 갔다. 거제도에 가기 전 잠시 들른 곳이었는데 나는 그곳에서 앞으로 무엇을 위해 살아야 할지 생각하는 시간을 갖게 되었다. '통영 조각 공원'을 돌다 우연히 똘똘하게 생긴, 하도 다부지게 생겨서 '김대리'라고 불러주고 싶을 정도로 귀엽게 생긴 강아지를 만났다. 몸집이 작은 그 강아지는 아주 익숙한 듯 조각 공원을 휙 돌고 좁은 가로수 길을 통해 마을로 내려갔다. 나도 호기심에 강아지를 뒤따라가는데 자신이 거처하는 곳인 듯 작은 가게에 들어갔다. 그 모습이 하도 귀여워 피식 웃고 돌아서는데 그 앞에 위치한 아주 작은 전시관이 내 발길을 잡았다. 전시관 앞에는 뭔가 심상치 않은 흑백 사진이 걸려 있었다. 처음엔 그저 '통영의 딸'이라는 이름만이 나를 붙잡았지만 그 진실은 너무도 참혹하여 눈물을 흘리며 내가 살아가야 할 인생까지 붙잡게 되었다.

1980년대 독일에서 북한의 권유로 월북했다 탈출한 오길남 박사의 증언으로 알게 된 '완전 통제 구역'은 지금 우리가 살고 있는 지구 반대편도, 머나먼 이국도 아닌 바로 같은 땅덩어리, 같은 시간대에 일어나고 있는 비극이었다. 북에 아내와 두 아이를 두고 온 오길남 박사의 한

맺힌 사연과 완전 통제 구역을 탈출한 이들의 증언이 생생하게 담긴 글과 그림을 보고 있자니 그냥 눈물이 아니라 오한이 일어날 정도였다.

완전 통제 구역. 북한 내부에서는 '0호 관리소'라고도 불리는 이곳은 북한의 정치 수용소로 독일의 아우츠비츠 수용소만큼 잔혹한 곳이다. 이곳은 대체적으로 정치범이나 탈북자의 가족과 그 3대까지, 그리고 종교인 등이 들어가는데 먹을 것이 너무 없어 모두 기아 난민처럼 말라 있고 배만 불뚝한 상태로 흑사병에 걸릴 위험에도 불구하고 쥐를 잡아먹고, 신발이 없어 쥐의 가죽을 벗겨 발에 감싸고 다닌다. 치약이나 생필품은 일 년에 한 번 간신히 나올 정도이고 여자들은 생리대도 없이 생활한다. 그 지옥 같은 상황에서 여자들은 성적 학대를 받다가 임신까지 하게 되면 나무에 묶여 공개처형당하기도 하는데 그 방법이 너무도 잔인하여 글로 표현할 수 없을 정도다. 완전 통제 구역에서 탈출한 사람들을 통해 안 사실은 그곳은 '희망'이나 '기쁨', '살고 싶다' 등의 단어에 아무런 인지 능력이 없다는 것이다.

이곳에 내 막내 동생 나이와 비슷한 대한민국의 자식들이 살고 있다. 오혜원과 오규원이다. 간첩 활동을 명령 받은 오길남 박사에게 아내는 절대로 그래서는 안 된다며 탈출을 권유했다. 그리고 그의 두 아이와 부인 신숙자는 남편을 대신하여 완전 통제 구역에 감금되어 살게 되었다. 당시 작곡가 윤이상이 오길남 박사에게 북으로 돌아올 것을 권유하며 그들의 사진과 육성 테이프를 건네준 것과 이후 완전 통제 구역을 탈출한 이들에 의해 생사가 알려지게 되었다. 지난 9월 통영에서 이 사실을 알게 된 후 난 눈물을 흘리며 이들이 돌아오길 희망했다. 아니 너무 오래된 이야기라 살아 있다는 확신조차도 없었기에 기도 외에는 할 수 있는 일이 없었다. 알량한 나의 글로라도 그들을 알리고 싶었을 뿐. 솔직히 너무도 오래된 이야기라 그저 그들의 생사보다도 영혼을 위해 기도했는데 얼마 후 기적이 일어났다. 내가 돌아온 지 보름도 안 된 어느 날, 그들이 살아 있다는 기사가 신문 일면에 난 것이다. 더군다나 영화까지 만들어진다는 기사와 함께.

역사 속에서 일어난 참상은 현재에도 유령처럼 우리 주변에 슬픔을 머금은 채 남아 있다. 그러나 우리는 편안한 세상 속에 많은 것을 잊거나 외면하고 살고 있다. 사비에르와 아이다를 위해 존 버거는 서문 마지막에 이렇게 기도를 했다. '지금 사비에르와 아이다가 어디에 있든, 그들이 죽었든 살아 있든, 신께서 그들을 지켜주시기를 바라며.'라고. 우리도 기도를 해야만 한다. 신이 이들을 지켜달라고. 그리고 대한민국의 품에 다시 돌아올 수 있게 해달라고. 모든 이들의 마음과 소망이 한데 뭉치면 생각지도 않은 기적이 일어날 수 있다.

통영 전시관 한쪽에 이런 글이 있었다. '문제는 모르는 데 있는 것이 아니고, 알려고 하지 않는다는 것이며 의도적으로 침묵하는 것이다.'라고. 나는 이 말 앞에서 마음이 울컥하여 이제는 외면하지 않고 이 세상의 비극을 위해 아무리 작은 움직임이라도 할 것을 다짐했다. 세상에 일어나고 있는 끔찍한 일들을 내가 아닌 다른 이들이 겪고 있는 것이다. 이들이 아니면 우리는 모르고 지나칠 일들이다. 작은 나비의 날

갯짓이 결국 태풍을 몰고 오지 않는가. 나는 나비효과를 믿는다. 우리는 이제 어둡고 비참한 현실과 이기심과 탐욕에 의해 쓰러져 가는 사람들을 외면해서는 안 될 것이다. 이들은 결국 우리를 위해 십자가를 지고 있기 때문이다.

하지만 그 남자들 누구도 돌아오지 못하네.
그들을 환영할 준비를 하고 있는 집으로
항아리에 담긴 뼛가루가 되어 돌아오면
사람들은 눈물로 그들을 기리며 말하네.
'그는 군인이었노라' 혹은 '그는 죽었노라 고귀하게,
온통 죽음에 둘러싸인 채!'
—아이다의 편지 중에

제노비스 신드롬

건강진단을 받기 위해 대기실에 앉아 있을 때 아주 흥미로운 글을 읽었다. 바로 제노비스 신드롬Genovese Syndrome에 관해서이다. 주위에 사람들이 많을수록 어려움에 처한 사람을 돕지 않게 되는 현상을 뜻하는 심리학 용어로 1964년에 일어났던 살인 사건에서 비롯되었다고 한다. 1964년 키티 제노비스는 길에서 강도를 만났다. 그런데 그녀가 비명을 지르는데도 어느 누구도 구하려고 하거나 경찰에 신고하지 않아 그대로 강도에게 살해당하고 말았다. 이 사건은 당시 사회적으로도 매우 충격적이었던 것 같다.

달리와 라테인 실험 또한 같은 맥락이다. 1968년 2명, 4명, 7명씩 묶어 각각의 방에서 대화를 나누게 하고 그중 한 사람이 갑자기 "머리가 아픕니다. 쓰러질 것 같아요."라고 소리 질렀을 때 1:1로 대화하던 학생은 85퍼센트가 즉각 나와 사고가 났음을 알렸지만 4명이 있던 방은 62퍼센트, 7명이 있었던 방은 31퍼센트만이 보고했다. 이들에게 왜 신고하지 않았는지를 묻자 "다른 사람이 할 것 같아서"라고 대답했다고 한다. 이어 1969년에 로빈과 라테인이 실험한 것도 비슷한 예이다. 대학생들을 실험할 명목으로 불러 대기실에서 기다리게 하고 방을 여러 곳으로 나누어 혼자 있게 하거나 여러 명씩 같이 있게 하고선 대기실마다 문틈으로 연기가 새어 들어가게 만들었다. 문틈으로 연기가 새어 들어오자 혼자서 대기실에 있던 사람 대부분이 2분 안에 신고했고, 여러 명씩 기다리던 사람들은 6분 이내에 13퍼센트만이 신고해 많은 사람들이 함께 있는 곳은 그 비율이 현저하게 떨어진다는 사실을 알렸다. 신고하지 않은 이유에 대해 묻자 역시 대부분은 "불안하기는 했지만 남들이 가만히 있기에 나도 별일이 아니라 생각했다."라고 대답했다. 제노비스 신드롬과 두 실험을 보고 있노라면 우리가 얼마나 '외면하기 좋은 환경'에서 살고 있는가 싶다.

나도 외면하고 살았다. 참으로 많은 것을. 길에서 방황하는 유기견을 외면했고, 신체 장애자들을 외면했으며, 가까이서 신음하는 이들을 외면했다. 이제 조금씩 그들에게 눈을 돌려보려 한다. 내가 큰 도움은 되지 못한다고 하더라도 작은 움직임이 모이면 외면당하고 소외받은 이들을 구할 수 있을 것이다. 아주 작은 마음에서 비롯한 사랑이 슈퍼맨보다도 강하게 많은 것들을 구할 수가 있다. 이 작은 마음은 바로 외면하지 않고, 묵인하지 않는 것에서부터 시작된다.

사실 예술이란 별것 아니다. 아름다움을 즐기려는 마음 그것에서 비롯된다. 에르미타주 박물관에서 그림을 그리는 아이들을 보며 매우 부러웠다. 우리 박물관에서는 이런 모습을 언제 볼 수 있을는지.

지혜롭지 않은 칭찬은 고래도 병들게 한다

전원 바르톨로메오 신부님의 묵상에 보면 이런 말이 있다. 라틴어로 겸손Humilitas의 어원은 '땅Humaus', 곧 흙과 같은 뜻이고, 우리 존재는 아무리 잘난 척해보아야 흙덩이이니 땅처럼 모든 이들을 발아래서 받쳐주고 품어주는 겸손한 사람으로 살아가라고 했다. 참 대지처럼 푸근한 말이다. 그러나 나의 겸손은 때로는 의도된 겸손일 때가 있다. 내심 이렇게 행동하면 칭찬을 받을 수 있을 거라는 생각 아래 은근히 기대하기도 한다. 그러나 그건 진정한 겸손이 아니다. 차라리 하지 않으면 좋을 겸손이다. 루카복음에 여기에 더없이 합당한 말이 있다. 예수님께서 당신을 초대한 바리사이의 한 지도에게 말했다. "네가 점심이나 저녁 식사를 베풀 때, 네 친구나 형제나 친척이나 부유한 이웃을 부르지 마라. 그러면 그들도 다시 너를 초대하여 네가 보답을 받게 된다." 솔직히 이 글을 처음 읽었을 때는 너무한 것 아닌가 싶었고, 그럴 수도 있지 싶었다. 그러나 다음 문장을 읽었을 때는 나의 '오만한 겸손'이 떠올라 얼굴이 붉어졌다. "네가 잔치를 베풀 때에는 오히려 가난한 이들, 장애인들, 다리 저는 이들, 눈먼 이들을 초대하여라. 그들이 너에게 보답할 수 없기 때문에 너는 행복할 것이다."

아! 이 얼마나 굉장한 말인가. "그들이 너에게 보답할 수 없기 때문에 너는 행복할 것이다." 칭찬을 받는 일은 즐겁다. 내가 한 일에 대해 뿌듯하기도 하고, 더욱더 잘 하고 싶은 마음에 윤활유가 되기도 한다. 그러나 칭찬에 익숙해지고, 칭찬에만 마음이 가게 되면 오히려 칭찬을 받기 위해 집착하는 일이 벌어지기도 한다. 명동 성당의 장이태 프란체스코 신부님도 강론에서 칭찬의 위험성에 대해 말했다. "잘못된 칭찬은 오히려 기대에 부응하기 위하여 거짓을 행하게 하고 교만하게 만들 수 있습니다. 결과만을 용인하는 사회, 결과에 집착하는 칭찬, 생각 없이 내뱉는 칭찬, 누군가의 기대에 찬 칭찬은 오히려 독이 될 수 있습니다. 진정한 칭찬은 결과 아닌 과정에 대한 격려와 희망을 주는 그 사람에게 맞는 말이 되어야 합니다." 결국 우리는 서로에게 '냉정한 칭찬'을 해주어야만 한다. 영화 〈청원〉에서 여자 주인공은 사지를 모두 못쓰게 된 남자를 위해 12년간 헌신적으로 돌보며 산다. 그러던 어느 날 남자는 너무도 괴로운 나머지 법원에 안락사를 합법적으로 할 수 있도록 요청한다. 이때 여자는 울며 외친다. 자기가 보살펴준 12년의 세월은 누가 보상하는지를.

때때로 우리는 좋은 일을 한다면서 보여지기 위한 일들을 하거나,

꼭 누군가 유명인의 이름을 대면서 자신이 하는 일에 대해 굉장함을 드러내기도 한다. 그러나 이것이 누구를 위한 일인지를 생각한다면 그 어떠한 위치나 존재, 금액도 필요하지 않다. 그저 내가 할 수 있는 만큼 최선을 다해서 보답받기를 기대하지 않고 행해야 한다. 그렇지 않으면 그 기대 때문에 자신이 고통스럽게 되는 경우도 있다. 예전의 내가 그랬다. "내가 어떻게 했는데…." 내가 어떻게 한 것은 나의 선택이지 누가 시켜서 한 것이 아니다. 결국 자신이 한 일에 대해서는 칭찬이나 기대 없이 행해져야 진정한 봉사이자 사랑의 나눔인 것이다. 그 일에 대해 기대하다 보면 원망이 쌓이고, 억울한 감정이 쌓이고, 결국엔 자기 자신까지 책망하고 비하하게 된다. "내가 어떻게 했는데!"

결국 우리가 부리는 겸손이, 우리가 하는 사랑이 누구를 위한 것인지 한번쯤 생각해볼 일이다. 그러다 보면 칭찬보다 더 좋은 걸 얻게 될 것이다. 예컨대 나눔에서 얻는 기쁨, 그보다 더한 기적도 우리는 경험할 수 있을 것이다.

춘천으로 가는 마지막 경춘선을 타고 떠나던 길이다.
안개 속 세상을 바라보며 내 자신을 돌아보았다.

예술의 도시, 목포를 열망하며

실크로드를, 지중해를 정신없이 돌아다니다 보니 더욱 가보고 싶은 나라가 생겼다. 바로 대한민국이다. 그렇게 경상도, 전라도를 비롯해 강원도와 제주도에 이르기까지 종횡무진 돌아다니면서 새삼 감탄하게 된 것은 우리나라 금수강산의 아름다움이었다. 어찌나 아기자기하면서도 담대하고, 기품이 있으면서 따뜻한지 그 절묘함에 정말 깜짝 놀랐다. 처음에는 그렇게 산과 들과 강과 바다를 그저 감탄하며 바라보고 다녔지만 점차 시간이 지나면서 무분별하게 파헤쳐지고 깎인 산과 들이 보였다. 골프장, 리조트, 펜션, 터널, 도로를 만들기 위해 개발된 곳, 어디까지 인간의 편의를 위해 자연을 훼손하려는지 볼 때마다 화가 치밀어 올랐다.

그런데 이렇게 중구난방으로 개발되고 있는 것은 자연만이 아니었다. 우리의 유산이나 지역 사회 또한 마찬가지였다. 나는 목포에는 세

발낙지나 홍어만 있는 줄 알았고, 나주는 배밖에 없는 줄 알았다. 우리나라에서 관광할 수 있는 도시는 제주도나 부산, 경주 말고는 다 거기서 거기일 거라고 생각했다. 그런데 아니었다. 도시 곳곳에 숨겨진 유산이나 과거의 유물이 자신들이 언제 사라질지 모른다는 두려움에 떨며 조용히 숨죽이고 있었다.

목포로 촬영을 갔을 때 다순구미 마을에 가게 되었다. 그곳에서 나는 기막히게 아름다운 마을과 폐허가 된 옛 공장을 발견하게 되었다. 일본인들이 지었다는 이 벽돌 공장은 르 코르뷔제의 롱샹 성당에 비교할 수는 없겠지만 프랭크 로이드 라이트의 낙수장이나 런던의 테이트 모던 미술관이 연상될 정도로 멋진 공간이었다. 창문이나 문의 디테일이 매우 바우하우스적이어서 이런 공간이 런던이나 뉴욕, 아니 청담동에 있었다면 사람들이 바로 카페나 레스토랑, 미술관으로 만들었으리라 장담한다. 더군다나 목포 주민들도 인정할 정도로 아름다운 바다가 바로 앞이요, 그 앞에는 고아도가 고즈넉이 자리 잡고 있어 그 경관이 기가 막히다. 런던의 수력발전소를 개조한 더 와핑 프로젝트는 화력발전소를 개조한 테이트 모던 미술관에 비해 그 규모는 작으나 내부가 매우 특이하다. 예전 발전소에서 사용하던 크레인이나 기계를 그대로 둔 채 레스토랑과 갤러리를 만든 것이다. 시내에서 조금 떨어진 이곳은 근사하게 차려입은 사람들이 일부러 찾아오는 곳이다. 그것이 바로 문화와 예술의 힘이다.

그런데 목포 사람들은 이곳에 아파트 단지가 들어서야 생활이 윤택해진다고 믿고 있는 것 같아 안타깝다. 인구 밀도가 낮아져 상권이 무너지고 젊은 사람들은 모두 대도시로 떠난 마을에 아파트만 덩그러니 생긴다고 무슨 소용이 있겠는가. 목포에는 우리가 모르는 오래된 일본식 가옥과 아름다운 근대 건축물이 곳곳에 있다. 그래서 마치 드라마 세트장처럼 낭만적이다. 그러나 정작 이곳 사람들은 그 가치를 모르고 방치하고 없애려고 하니 답답한 일이다. 이러한 것들을 제대로 보존하고 보수해서 살려낸다면 섬 전체가 미술관으로 꾸며진 나오시마나 일본의 최고 관광지 중에 하나인 교토처럼 예술적이고 철학적인 도시가 될 것이다. 폐허가 된 공장이 베니스 비엔날레 같은 대규모 전시 문화 공간으로 탈바꿈한다면 어떨까. 고이도에 식물원을 만들고, 천일염으로 유명한 지역엔 체험 실습 현장을 만들고…. 목포 전체를 예술을 중심으로 한 새로운 관광 상품으로 개발한다면 해운대에 초고층 아파트가 즐비한 부산과는 다른 형태의 예술 도시로 거듭날 것이며, 이를 보러 오는 관광객을 겨냥한 수준 높은 상권이 형성되어 마을 주민들의 삶도 윤택해질 것이다. 다른 대도시처럼 멋대가리 없는 아파트를 지어 놓는다면 목포의 바다는 지금보다 더 썰렁하고 멋없이 변할 것이다. 물론 나의 생각이 매우 주관적일 순 있으나 근시안적인 생각을 버리고 미래를 생각하는 지속 가능한 도시 개발에 주력해야 하는 것만큼은 확실하다.

화력 발전소를 이용한 테이트 모던 미술관처럼
우리나라 곳곳에도 문화 공간으로 멋지게
뒤바뀔 곳이 많다. 그러나 모두 그 진가를 모른다.
아니면 외면하고 있는 것일까….

빌바오는 조선업으로 번성했던 스페인의 한 작은 도시였다. 그러나 조선업이 아시아로 그 거점이 옮겨지면서 도시는 몰락했다. 유령 도시로 변해가던 이곳 사람들이 새롭게 주목한 것은 바로 '문화와 예술'이었다. 그렇게 해서 그들은 아무도 상상 못할 프로젝트로 프랭크 게리가 디자인한 구겐하임 미술관을 세웠다. 그 후 사람들이 모여들면서 빌바오는 세계적인 관광 도시가 되었다. 예술은 저변에서 조용히 사회와 경제를 움직이는 마그마처럼 뜨거운 존재이다. 뉴욕의 첼시도 공장과 창고 지대였지만 돈 없는 아티스트들이 소호를 피하여 첼시로 작업실을 옮기자 새로운 상권에 민감한 패션과 요식업이 그 아티스트들을 따라 같이 움직였고, 그러면서 첼시는 새로운 관광 지역으로 떠올랐다.

어느 날 신문에 게재된 인터뷰를 보며 내 생각이 틀리지 않았다는 사실을 알게 되었다. 강원도 태백시장이 무분별한 개발 사업으로 인해 경영난에 처하자 인터뷰를 한 것으로, 그는 "지역에 대한 애정이 있다면 선심성 사업은 하지 말아야 합니다. 선거를 바라보며 하는 행정은 지자체를 망하게 합니다."라고 호소했다. 태백시는 2005년부터 시작한 리조트 사업에 엄청난 돈을 투입했지만 잘못된 수요 예측 등으로 심각한 경영난에 빠졌다. 태백시 외에도 전국의 여러 지방 자치 단체가 무분별한 개발 사업으로 재정난에 빠져 있는 현실이다. 나는 정치인은 아니다. 때로는 서울시장이 누구인지 모를 정도로 정치에 무지하다. 그러나 지방을 돌아다니면서 나는 정치인들에게 분노했다. 마음이 쓰릴 정도로 아프기까지 했다. 개발이라는 이름 아래 함부로 파헤친 사람들에게 가서 따져 묻고 싶었다. 정말 이 도시에, 이 유산에, 이 자연에 대해 생각해본 적이 있냐고. 그리고 말하고 싶었다. 깊은 애정을 가지고 문화와 역사를 이해하며 그 지역에 맞는 맞춤식 개발을 하지 않으면 하지 않느니만 못하다고. 이는 도시 개발에 국한된 것만이 아닌 소소하고 작은 역사 유물 보존 방식에 있어서도 마찬가지이다.

충청도 예산군에 위치한 수덕사에 가면 1천 년 된 백제 문화의 아름다움에 가슴속 깊이 감탄을 금할 수 없다. 미시마 유키오의 《금각사》를 보면 주인공은 금각사가 다른 이들에 의해 훼손당하느니 차라리 자기 가슴속에 영원히 그 아름다움을 간직하겠다는 심정으로 불태워버린다. 나는 수덕사의 대웅전을 보며 소설 속 주인공의 광기를 이해했다. 그걸 불태우는 황당한 짓은 안 하겠지만 그 아름다움에 도취되어 그대로 그 마음만큼 십분 이해할 것 같았다. 이집트나 그리스, 인도에서도 볼 수 없었던 아름다운 백제 미학美學을 바라보며 대웅전을 오르다가 정말 눈뜨고 볼 수 없는 흉측한 것을 발견했기 때문이다. 그것은 바로 대웅전 양옆으로 새롭게 만든 계단이었는데, 1백 년도 아니고 1천 년이나 된 수덕사 옆에 있기에는 너무도 허연 대리석에 모양은 어찌나 천박스럽던지 기함할 일이었다. 화가 치밀어 올라 말하려고 하는데 수덕사를 설명해주는 안내원이 오히려 먼저 화를 내며 말한다. "이거 보시고 화나시지유. 많은 분들이 보기 흉하다며 수덕사를 나무

라시는데 사실 이건 문화관광부에서 한 거예유." 어디 수덕사뿐이겠는가. 다시 말하지만 전국을 돌아다니다 보면 안타까움에 발만 동동 구르게 되는 곳들이 허다하다.

제주도야, 미안해

제주도를 생각할 때면, 제주도로 떠나고 싶을 때면, 제주도에 도착해서 바다가 드넓게 보이기 시작할 때면 어김없이 주름진 뇌세포들이 몽실몽실 흥얼대기 시작하고 귓속에서 울려 퍼지는 음들이 결국 입술 사이로 삐져나온다. '떠나요. 둘이서 모든 것 훌훌 버리고 제주도 푸른 밤 그 별 아래~' 최성원이 작사, 작곡한 〈제주도의 푸른 밤〉은 그 어떤 시보다도 아름답고, 그 어떤 노래보다도 푸르다. 그래서인지 삶에 지치거나 힘들 때 혹은 얽매인 모든 것을 훌훌 털어버리고 싶을 때 어김없이 〈제주도의 푸른 밤〉이 귓가를 맴돌게 되는 것이다. 이 노래는 어떻게 만들어졌을까. 제주도에서 만들어졌을까 아니면 제주도를 그리워하는 마음에서 만들어졌을까. 어쨌거나 제주도가 없었다면 태어나지도 못했을 노래 아닌가.

제주도가 아름답다는 사실은 예전부터 알았다. 너무 지치고 힘들 때, 사람들과의 관계가 뒤틀어졌을 때, 더 이상 무엇인가를 생각하기도 판단하기도 힘든 지점에 이르면 나는 일하던 중간에도 모든 것을 던져버리고 제주도로 떠나곤 했다. 그러던 어느 때부터인가 한동안 가지 않게 되었다. 시간이 없어서도 그러했지만 무분별한 개발로 제주도가 점점 파손되는 것 같아 마음이 아팠기 때문이다.

그런데 얼마 전 방송 촬영을 하면서 제주도의 깊은 아름다움은 쉽게 변하지 않는다는 것을 알았고, 역시 나는 제주도를 깊이 사랑하고 있다는 것을 깨닫게 되었다. 한낱 인간의 어리석은 욕심에 쉽게 변할 제주도가 아니었다. 그렇기엔 바다처럼 깊고 현무암처럼 단단한 내공이 있었다. 소박하고 당당한 한라산과 그 곁에 담담히 솟아 있는 오름들, 배추밭과 검은 현무암, 그리고 푸르른 바다와 붉은 등대가 어우러진 제주도는 마음이 시리도록 아름다웠다. 더군다나 그 바람은, 제주도의 바람은 아일랜드와는 달리 외롭지 않고, 홋카이도와는 달리 따뜻하다. 단지 내가 한국인이어서가 아니라 제주도의 바람에는 무엇인가 수수께끼 같은 특별함이 있다. 온종일 불어대는 제주도 바람에 머리가 휘날리고 얼굴이 검게 그을려도 왜 그렇게 엄마의 손길처럼 따뜻한지 눈물이 목에 고인다. 또 제주도의 하늘은 왜 그렇게 가슴이 설레도록 높고 푸르고 머리가 숙여질 정도로 고요한지. 세파에 시달려 요동을 치던 가슴이 담담해지니 참으로 신기하다.

그러나 가슴 저미도록 아픈 것도 본다. 곳곳에 무분별하게 파헤쳐진 제주도의 땅과 들과 산을 본다. 그 푸르고 푸른 제주도의 하늘 아

나는 힘들 때마다 제주도를 찾아간다. 마치 어두운 밤하늘 아래 등대를 따라가는 배처럼. 그런데 나는 제주도를 위해 아무것도 해준 것이 없다.

래 리조트나 펜션, 테마파크를 만들기 위하여 여기저기 파헤쳐진 모습을 보면 과연 인간의 오락과 편이를 위해 이래야만 하는 것인가 싶다. 어떤 제주도 주민이 부동산이 점차 중국인들에게 무분별하게 팔려간다며 한숨 쉬는 소리를 들었는데 과연 우리의 제주도는 안전한 것인가? 세계 7대 관광지로 만든다는 명목 아래 우리의 아름답고 소중한 제주도가 많이 아프고 괴로운 건 아닐까 마음 쓰인다.

방송 취재 중 제주도에 새로운 터전을 잡고 아픔을 딛고 이겨낸 사람들도 만날 수 있었다. 이레 목장의 사장님은 파국으로 치닫는 낙농업을 살리기 위해 치즈를 만들고 요구르트도 만들며 한라산이 보이는 목장을 지키고 있었고, 30여 년 가까이 여러 나라를 떠돌다 결국 제주도에 정착하여 제주도 바다가 보이는 곳에 아름다운 게스트 하우스를 만들어 마음 다친 사람들을 위로하고, 전 세계를 떠도는 외국인들에게 소소하게 이 아름다움을 전하는 이도 만났다. 파헤치고 없애고 다시 만드는 개발이 다가 아니다. 도시에서 마음 다친 사람들, 더 이상 견딜 수 없어서 자연을 찾아온 사람들을 위해 자연 그대로 내버려둘 줄도 알아야 한다. 그래서 미안하다. 이런저런 사람들을 위해 한마디 말도 없이 담담하게 인내하는 제주도에게 미안하다는 말밖에 할 말이 없다.

빌려 사는 우리들

난 미야자키 하야오를 존경한다. 아니 사랑한다. 그가 만들어낸 세계, 그 안에 살아 있는 이야기와 인물과 색상과 음악과 영상을 모두 사랑한다. 어린 시절 즐겨 보았던 〈알프스 소녀 하이디〉부터 〈엄마 찾아 삼만리〉의 마르코, 〈미래 소년 코난〉 등 언제나 굳세고 꿋꿋한 주인공들을 좋아했다. 그런 데다 다들 예쁘고 귀엽다. 개인적으로 코난보다는 빗자루 머리의 포비가 좋았고, 하이디보다는 입을 삐죽거리는 페터가 좋았지만, 어쨌든 나를 따뜻하게 안아주었던 만화들이 있어서 내 어린 시절은 더 따뜻했다. 그의 만화를 보며 울기도 많이 울었다. 한창 사랑 때문에 아파했을 때는 〈하울의 움직이는 성〉을 보며 용기를 내곤 했다. 〈이웃집 토토로〉를 보며 가슴이 몽글몽글 따뜻해져 두 손을 꼭 잡고 행복해했고, 〈천공의 성 라퓨타〉를 보면서 지구는 우리의 것이 아닌 모든 생명체들의 것이라는 사실도 깨달았다.

석굴암에 가기 위해선 크고 두꺼운 나무 숲길을 지나
구불구불한 길을 올라가야 한다. 이곳에 가면 땅 위로
불끈불끈 솟아 오른 뿌리 위에서 다람쥐도 놀고
달팽이도 옷을 벗고 놀고 있다.

미야자키 하야오는 언제나 지구와 환경에 대한 메시지를 전달하려 노력한다. 직접 각본과 기획을 맡고 요네바야시 히로마사가 연출을 맡은 지브리 스튜디오 작품의 〈마루 밑 아리에티〉 또한 그러하다. 10센티 소인들과 인간의 이야기를 그린 이 만화영화는 메리 노튼의 판타지 소설로 원제목은 《마루 밑 바로우어즈》이다. 환경에 대해서도 많은 관심을 가지고 있는 아티스트 함경아가 어느 날 전화로 불쑥 이런 말을 해주었다. "이 만화영화 정말 대단하지 않니? 아주 작은 시선으로 굉장한 사실을 깨닫게 만들어준 영화야. 결국 우리는 모두 자연으로부터 빌려 살고 있는 거라고." 그녀의 말이 어찌나 가슴에 꽂히던지. 내가 살고 있는 이 땅도, 이 공기도, 나무도, 산도, 강과 들, 바다, 식물과 동물, 모두 내 것이 아니고 우리 것이 아닌데 우리는 알량한 돈과 문서에 얽매여 모두 자신들의 것인 줄 알고 산다. 그래서 마구 파헤치고, 버리고, 망가뜨리고, 죽이며 산다. 시멘트와 아스팔트를 깔았다고 땅이 없어지지 않고, 고층 아파트에 산다고 하늘이 제 것이 되지 않으며, 두꺼운 담벼락 안에 있어도 같은 공기를 마시며 산다. 이 모든 것은 우리 것이 아니다. 대지에 빌려 살고, 나무에 빌려 의지하고, 하늘에 빌려 숨 쉬며 사는 것을 소도 알고, 늑대도 알고, 능금도 알고, 한라산도 알고 영산강도 아는데 사람만 모르는 것 같다.

고마운 마음을 전하며…

여행을 다니는 동안 많은 일들을 묵묵히 해주었던 서래지나와 아장드베티 식구들, 언제나 아름다운 묵상과 강론으로 이 글에 영감을 주신 전원 바르톨로메오 신부님과 명동 성당 신부님들, 갑작스런 일정에도 책을 내주신 그책 출판사와 멋진 글로 완성시켜준 김경 작가, 그리고 내게 훌륭한 재능과 성실함을 갖게 해주신 아버지 故 서영근 그레고리오와 어머니 이영림 수산나에게 감사의 인사를 전해 드리고 싶다.
진심으로 감사합니다.

39
99
79
68
99
99
magu

서은영의 세상견문록

초판 1쇄 발행 2011년 12월 25일

지은이 서은영
펴낸이 정상준
펴낸곳 ㈜그책

기획 정상준
편집 김경, 나혜영
마케팅 박종우
관리 최혜원
디자인 디자인스튜디오 203
종이 한솔PNS
인쇄·제본 새한문화사

출판등록 2008년 7월 2일 제322-2008-000143호
주소 서울시 종로구 평창동 352-4
전자우편 thatbook@thatbook.co.kr
전화번호 02-3444-8535
팩스 02-3444-8534

ISBN 978-89-94040-22-6